Bianca™

ME PERTENECES

CAITLIN CREWS

Editado por Harlequin Ibérica.
Una división de HarperCollins Ibérica, S.A.
Núñez de Balboa, 56
28001 Madrid

Me perteneces, n.º 2520 - 25.1.17
Título original: Unwrapping the Castelli Secret
Publicada originalmente por Mills & Boon®, Ltd., Londres.

I.S.B.N.: 978-84-687-9127-2
Depósito legal: M-38431-2016
Impresión en CPI (Barcelona)
Fecha impresion para Argentina: 24.7.17
Distribuidor exclusivo para España: LOGISTA
Distribuidores para México: CODIPLYRSA y Despacho Flores
Distribuidores para Argentina: Interior, DGP, S.A. Alvarado 2118.
Cap. Fed./Buenos Aires y Gran Buenos Aires, VACCARO HNOS.

Capítulo 1

RAFAEL Castelli estaba completamente familiarizado con los fantasmas.

Los había visto por todas partes en los primeros sombríos meses que habían seguido al accidente. Cada mujer con el cabello rubio rojizo era su Lily en cierto modo. Un toque de su perfume en mitad de la calle, sus delicados rasgos en un vagón de tren abarrotado, su risa en un restaurante. Siempre veía a Lily durante un breve instante de esperanza.

Porque ahí estaba siempre esa delirante esperanza, tan desesperada como siniestra.

En una ocasión había llegado a seguir a una mujer por medio Londres antes de darse cuenta de que no era Lily. De que no podía ser Lily. Su hermanastra había muerto en un terrible accidente de coche en la costa de California, al norte de San Francisco. Y aunque jamás pudieron recuperar su cuerpo de las traicioneras aguas bajo aquel rocoso acantilado, aunque nadie encontró nunca ninguna prueba de que hubiera muerto en el incendio que había reducido a cenizas el coche, nada, ni siquiera las teorías conspiratorias ni los trucos de su desesperado corazón, podía cambiar la realidad.

Habían pasado cinco años. Lily había muerto.

Por fin llegó a comprender que no eran fantasmas, que lo que veía era el resultado de su aplastante y amargo pesar volcado en cientos de desconocidas, ninguna de las cuales era la mujer que quería.

Pero ese fantasma que estaba viendo ahora era distinto.

«Y el último», se juró furioso. Cinco años era tiempo suficiente para llorar y lamentar eso que nunca había llegado a ser por culpa de su propio egoísmo. Más que suficiente. Había llegado el momento de seguir adelante.

Era última hora de la tarde de un día de diciembre en Charlottesville, Virginia, una pintoresca ciudad universitaria estadounidense situada a los pies de la Cordillera Azul, a unas tres horas en coche de Washington D.C., y a un mundo de distancia de su Italia natal. Había hecho el viaje desde la capital del país en helicóptero ese mismo día para conocer los viñedos de la región con vistas a expandir el alcance de las históricas bodegas de la familia Castelli. Como presidente en funciones, porque el inmenso orgullo de su debilitado padre no le permitía transferir oficialmente la dirección ni a su hermano pequeño, Luca, ni a él, Rafael había realizado muchos viajes en los últimos años. Portugal. Sudáfrica. Chile.

Ese viaje a la región vitivinícola de Virginia era más de lo mismo. La parada de última hora de la tarde en la encantadora Charlottesville antes de una cena con una de las asociaciones vinícolas locales era la típica excursión para ayudar a promocionar el encanto de la zona. Rafael se lo había esperado, y la verdad era que el ajetreo de la época navideña hacía que la ciudad pareciera una postal de Navidad interactiva.

Al salir del centro comercial al aire libre, había pensado que la estampa no le resultaba desagradable, aunque lo cierto era que nunca se había sentido demasiado atraído por el frenesí navideño. Las voces de unas personas cantando villancicos en las calles peatonales se entremezclaban y competían entre sí en el frío aire. La gente entraba y salía de las tiendas adornadas con festivas luces y se arremolinaba alrededor de vendedores ambulantes pregonando sus mercancías. El pequeño grupo de Rafael había entrado en una cafetería para resguardarse del frío con una taza caliente del intenso café local y para combatir cualquier resto del jet lag.

Él había pedido un *espresso* triple, *per piacere*.

Y entonces la había visto.

Esa mujer parecía poesía en movimiento contra la oscuridad, y el particular ritmo de sus pisadas repicaba dentro de él anulando el sonido de los villancicos que lo asaltaban desde el hilo musical de la cafetería.

A pesar de haber pasado cinco años, Rafael reconoció esa forma de caminar al instante. Reconoció el contoneo de caderas y las zancadas de esas piernas; ese irresistible bamboleo al pasar por delante del ventanal donde él se encontraba.

Solo alcanzó a ver una mejilla, nada más, pero esa forma de caminar...

«Esto tiene que acabar», se ordenó con frialdad. «Lily está muerta».

–¿Está usted bien, señor Castelli? –preguntó preocupada la presidenta de la asociación local vitivinícola. Su hermano, Luca, que había acudido en calidad de director de marketing global de Bodegas Castelli, estaba demasiado ocupado con el móvil como para hacer algo más que mirar brevemente hacia donde se encontraba Rafael y fruncir el ceño.

–Estaré bien –respondió Rafael con los dientes apretados–. Discúlpeme un momento.

Salió de la cafetería abriéndose paso entre la multitud.

Por un momento pensó que la había perdido y supo que era lo mejor que podía pasar, pero entonces la vio de nuevo, moviéndose por el extremo más alejado del centro comercial con ese modo de caminar que se parecía tanto al de Lily.

No era Lily. Nunca era Lily. Y, aun así, cada vez que sucedía lo mismo, Rafael corría tras la pobre desconocida en cuestión y quedaba en absoluto ridículo.

–Esta será la última vez que te permitas esta debilidad –murmuró para sí antes de echar a caminar tras la nueva encarnación de la mujer a la que sabía que jamás volvería a ver.

Se daría la última oportunidad para erradicar esa chispa de esperanza que se negaba a morir. Una última oportunidad para demostrar lo que ya sabía: Lily se había ido, no volvería jamás, y él jamás encontraría a otra mujer que la pudiera igualar.

Tal vez, solo tal vez, no la buscaría en todas esas desconocidas si no hubiera sido un cretino con ella.

Dudaba que pudiera deshacerse del sentimiento de culpabilidad generado por todo lo que había hecho, pero esa noche, en ese encantador pueblecito de Estados Unidos que no había visitado nunca antes, y que probablemente no volvería a visitar, dejaría atrás todo cuanto pudiera de su desdichada historia.

No esperaba paz. No se la merecía. Pero jamás volvería a perseguir fantasmas.

«Será una desconocida. Siempre resulta ser una desconocida. Y después de confirmarlo por centésima vez, no volverás a dudarlo nunca más».

Eso tenía que terminar. Tenía que ponerle fin.

No podía ver el rostro de su presa, solo la fina línea

de su espalda y su esbelta silueta mientras se alejaba de él apresuradamente. Se protegía del frío de diciembre con un abrigo largo negro y una bufanda. Unos mechones de pelo de color miel le asomaban bajo el gorro negro de lana. Llevaba las manos metidas en los bolsillos y se movía entre la multitud de un modo que indicaba que sabía exactamente adónde se dirigía. No miró atrás.

Y entonces los recuerdos lo sacudieron, como olas chocando contra las rocas. Lily, la única mujer que lo había capturado por completo. Lily, a quien había perdido. Lily, su amor prohibido, su secreto y su pasión, a quien había ocultado del mundo y a quien después había tenido que llorar como si no fuera más que la hija de la cuarta esposa de su padre. Como si para él no hubiera sido nada más que eso.

Desde entonces había estado odiándose y viviendo con un dolor que jamás lo abandonaba; un dolor que le había hecho dejar de ser aquel joven dedicado a malgastar el dinero de su familia para convertirse en uno de los empresarios más formidables de Italia.

Esa había sido otra forma de penitencia.

–En tu interior llevas la semilla de un hombre mucho mejor –le había dicho Lily la última vez que la había visto, después de haberla hecho ir hasta él para terminar haciéndola llorar: su especialidad–. Lo sé, pero, si sigues por este camino, acabarás con ella antes de darle la oportunidad de brotar.

–Me confundes con alguien que quiere crecer –había respondido Rafael con esa petulante indiferencia que entonces no sabía que se pasaría odiando el resto de su vida–. No necesito ser un puñetero jardín, Lily. Soy feliz tal como soy.

Fue una de las últimas conversaciones que habían tenido.

Su corazón era como un duro y doloroso tambor dentro de su pecho mientras su aliento formaba nubes contra la oscuridad de la noche. La siguió mientras ella pasaba por delante de una tienda, de un restaurante y de un grupo de personas cantando el *Ave María* a la vez que se empapaba de ese contoneo de caderas. Como si ahora, después de tantos años de lamentos, pudiera valorar que era la última vez que lo vería.

La siguió mientras salía del iluminado bullicio del centro comercial para tomar una calle lateral. Se maravilló ante la familiar silueta, esa figura que podría haber dibujado incluso en sueños, la pura perfección de esa mujer que, aun sin ser Lily, era exactamente igual a como la recordaba.

Su Lily, que en mitad de una calle de San Francisco en una noche de niebla le había dicho que lo que más deseaba era alejarse de él y de la tormentosa relación que tenían de una vez por todas. En aquel momento él se había reído a carcajadas, seguro de que volvería a su lado como siempre hacía; tal como había hecho desde que habían cruzado la línea cuando ella tenía diecinueve años.

Otro encuentro en un armario del vestíbulo, tapándole la boca con la mano para contener sus gemidos mientras se habían vuelto locos el uno al otro a escasos metros de la familia. Otra noche robada en el dormitorio de ella en la casa de su madre en las adineradas colinas de Sausalito, desnudándose mutuamente en la tranquilidad de la noche del norte de California. Una habitación de hotel, un momento robado en la cabaña del jardín de una casa de verano alquilada... En ese momento, al recordarlo, todo le resultaba muy sórdido. Todo le parecía una estupidez. Pero entonces había estado seguro de que siempre habría otra vez.

El móvil le vibró en el bolsillo y supuso que se trataría del ayudante que había dejado en la cafetería, preguntándose dónde demonios estaba. O tal vez incluso podría ser su hermano, furioso por que se hubiera ausentado cuando tenían trabajo que hacer. Fuera quien fuera, lo ignoró.

La noche estaba cayendo rápidamente y Rafael ya no era el hombre que había sido cinco años atrás. Ahora tenía responsabilidades y se sentía agradecido por ello. No podía ir por ahí persiguiendo a mujeres por la calle tal como había hecho en su juventud, aunque, por supuesto, aquello lo había hecho por razones completamente distintas. Lo había hecho por lujuria, no por un sentimiento de culpabilidad. Ya no era el mujeriego empedernido de entonces que disfrutaba en privado de su cuestionable relación con su hermanastra, y en público de sus distintas conquistas, sin importarle nunca si a ella eso le hacía daño.

Sin importarle nunca prácticamente nada excepto mantenerse a salvo de las garras de los enredos emocionales.

–Así debe ser, *cara* –le había dicho sin pensar en una ocasión, como el idiota que era–. Nadie puede enterarse nunca de lo que tenemos. No lo entenderían.

Ya no era el joven egoísta y retorcido que había disfrutado viviendo esa vergonzosa aventura delante de las narices de sus familias simplemente por el hecho de que podía hacerlo. Porque Lily no podía resistirse a él.

Lo cierto era que él tampoco había podido resistirse a ella, y esa era una terrible realidad que solo había entendido cuando ya era demasiado tarde.

Había cambiado desde aquellos días, hubiera o no fantasmas de por medio, pero seguía siendo Rafael

Castelli. Y esa era la última vez que se regodearía en su sentimiento de culpabilidad. Había llegado el momento de crecer, de aceptar que no podía cambiar el pasado por mucho que lo deseara y de dejar de imaginarse que veía a una mujer muerta cada vez que doblaba una esquina.

No podía traer de vuelta a Lily. Lo único que podía hacer era vivir con lo sucedido, con lo que había hecho, lo mejor que pudiera.

La mujer aminoró esa hipnotizante marcha, sacó la mano del bolsillo y apuntó a un coche con el mando a distancia. La alarma sonó y, cuando ella se giró para abrir la puerta del conductor, la farola le iluminó el rostro.

Esa imagen lo golpeó con fuerza.

Sintió un zumbido en la cabeza, un mareo que casi lo partió por la mitad. La mujer se sobresaltó y dejó la puerta abierta. ¿Le habría dicho algo sin darse cuenta? ¿Habría pronunciado su nombre? Estaba paralizada, mirándolo.

No había duda.

Era Lily.

No podía ser otra. No con esas mejillas finas y esculpidas que enmarcaban a la perfección esa carnosa boca que había saboreado miles de veces. No con ese rostro perfecto con forma de corazón que parecía sacado de un retrato de la Galería Uffizi. Sus ojos seguían siendo de ese tono azul que le recordaba a los inviernos en California. El cabello le asomaba bajo el gorro de lana y le caía sobre los hombros con esa mezcla de color miel, dorado y rojizo. Las cejas, del mismo tono, estaban ligeramente enarcadas dotándola de la mirada de una *madonna* del siglo XVII. Era como si no hubiera envejecido ni un solo día en cinco años.

Se le cayó el alma a los pies; la sintió caer a plomo sobre el suelo. Respiró hondo varias veces mientras esperaba que los rasgos de la mujer se convirtieran en los de una desconocida, mientras esperaba despertar y darse cuenta de que todo había sido un sueño.

Respiró hondo otra vez. Una vez más. Y seguía siendo ella.

–Lily –susurró.

Echó a caminar sintiendo un gran estruendo en su interior que lo desgarró y lo partió en dos. Le temblaban las manos cuando la agarró por los hombros y buscó señales, pruebas, como esa suave peca en el lado izquierdo de la boca que le adornaba la mejilla cuando sonreía.

Sus manos reconocieron la forma de sus hombros incluso bajo el grueso abrigo y volvió a tener la sensación de que sus cuerpos encajaban como las piezas de un puzle. Reconoció el modo en que ella echó la cabeza atrás y cómo separó los labios.

–¿Qué estás haciendo?

Vio sus labios formar las palabras, las leyó en su boca, pero no podía entenderlas. Lo único que sabía era que era su voz, la voz que jamás se había esperado volver a oír. La voz de Lily. Sintió como si un mazo lo destrozara por dentro y como si volviera a recomponerse.

Y ese aroma, esa indefinible fragancia que era una mezcla de crema de manos, champú y perfume combinados con su misma esencia. Lily. Su Lily.

Estaba viva. O tal vez él estaba teniendo un brote psicótico. Pero, fuera lo que fuera, no le importaba.

La llevó hacia sí y la besó.

Sabía como siempre había sabido; sabía a luz. Sabía a risas. Al más profundo y oscuro deseo. Al principio tuvo cuidado, fue saboreando, probando, mientras su cuerpo se regocijaba con lo imposible de la situación, con eso que había soñado miles de veces durante los últimos años.

Y entonces, como siempre había sucedido, esa chispa que saltaba entre los dos se convirtió en una potente y ardiente luz que lo consumió. Y así, se limitó a girar la cabeza para buscar el ángulo perfecto que recordaba y devorarla.

Su amor perdido. Su amor verdadero.

«Finalmente», pensó en italiano al olvidar por un momento el inglés que había hablado con fluidez desde niño, como si lo que estaba sucediendo solo tuviera sentido en su lengua materna.

Deslizó las manos por su pelo, por sus mejillas, y entonces ella apartó la boca. Sus respiraciones se fundieron en una en el frío aire. Sus ojos eran de ese azul imposible que lo llevaba persiguiendo media década, el color del cielo de San Francisco.

–¿Dónde has estado? –le preguntó con brusquedad–. ¿Qué demonios es esto?

–Suéltame.

–¿Qué? –Rafael no entendía nada.

–Pareces muy disgustado –dijo ella con esa voz que Rafael llevaba grabada en el alma tanto como si formara parte de él. Su mirada se había oscurecido con una expresión de pánico–. Pero necesito que me sueltes. Ahora mismo. Prometo que no llamaré a la policía.

–¿La policía? –no entendía nada–. ¿Por qué ibas a llamar a la policía?

Rafael la observó, contempló ese hermoso rostro que había creído que no volvería a ver jamás en su vida. Tenía las mejillas encendidas, sonrosadas, y la boca brillante tras el beso, pero no se estaba derritiendo contra él como siempre había hecho ante la más mínima caricia; al contrario, lo estaba apartando con las manos.

Muy a su pesar, la soltó. Y ella, en lugar de salir corriendo tal como se habría esperado, se quedó allí mirándolo con frialdad antes de limpiarse la boca con la mano.

–¿Qué demonios está pasando? –preguntó Rafael con el mismo tono que empleaba para dirigirse a sus empleados.

Lily se tensó, pero siguió mirándolo extrañada. Demasiado extrañada.

–Por favor, retrocede. Puede que te parezca que aquí estamos solos, pero hay mucha gente que me oirá si grito.

–¿Gritar? –oír esas palabras le produjo furia, dolor, desesperación. Y todo ello se entremezcló con la esperanza que había estado albergando todo ese tiempo y que había llegado a convertirse en algo casi enfermizo.

Estaba viva.

Lily estaba viva.

–Si me vuelves a agredir...

Pero el hecho de que estuviera allí en una calle de Charlottesville, Virginia, tenía tan poco sentido como lo había tenido su aparente muerte cinco años atrás.

–¿Cómo sobreviviste al accidente? ¿Y cómo has terminado aquí? ¿Dónde has estado todo este tiempo? Espera, ¿has dicho «agredir»?

Ella retrocedió con una mano apoyada en el coche.

No era un fantasma. Era la Lily de carne y hueso de pie frente a él en una fría y oscura calle.

–¿Por qué me estás mirando como si no supieras quién soy?

–Porque no sé quién eres.

Rafael soltó una carcajada.

–Así que no sabes quién soy.

–Voy a subirme a mi coche –le dijo ella con demasiada cautela, como si estuviera tratando con un animal salvaje o un psicópata–. Tengo el dedo sobre el botón de emergencias que llevo en el llavero. Si das otro paso...

–¡Lily, déjalo ya! –le ordenó gritando. Temblando.

–No me llamo «Lily». ¿Te has caído y te has dado un golpe en la cabeza? Hay mucho hielo por el suelo y no echan tanta sal como...

–Yo no me he caído y tú, sin duda, eres Lily Holloway –dijo entre dientes, aunque en realidad quería gritar–. ¿Crees que no te reconocería? Te conozco desde que tenías dieciséis años.

–Me llamo Alison Herbert –respondió ella–. Tienes pinta de ser la clase de hombre que la gente recuerda, pero me temo que yo no te recuerdo.

–Lily...

Ella retrocedió y abrió la puerta que tenía al lado para usarla como barrera.

–Puedo llamar a la policía si quieres. A lo mejor estás herido.

–Te llamas Lily Holloway –le dijo con brusquedad, pero ella no reaccionó. Simplemente lo miró y fue entonces cuando él se dio cuenta de que debía de haberle quitado el gorro al besarla con tanta pasión porque en ese momento su melena resplandecía al completo bajo la luz de la farola. También reconocía ese tono rubio rojizo, ese color indefinible que era solo suyo–. Creciste a las afueras de San Francisco. Tu padre murió cuando eras muy pequeña y tu madre se casó con mi padre, Gianni Castelli, cuando eras adolescente.

Ella sacudió la cabeza.

–Te dan miedo las alturas, las arañas y las gastroenteritis. Eres alérgica al marisco, pero te encanta la langosta. Te licenciaste en Berkeley en Literatura Inglesa después de escribir una inútil tesis sobre las elegías anglosajonas que no te servirá para nada en ningún puesto de trabajo. En la cadera derecha tienes un tatuaje de un lirio, porque es la flor de tu nombre, que te hiciste en un acto de ebria rebeldía. Aquella primavera fuiste de vacaciones a México y te pasaste con el tequila. ¿Crees que me estoy inventando todo esto?

–Creo que necesitas ayuda –le respondió ella con una firmeza que no se correspondía con lo que recordaba de Lily–. Ayuda médica.

–¡Perdiste la virginidad a los diecinueve años! –bramó Rafael–. Conmigo. Puede que no lo recuerdes, pero yo sí. ¡Soy el amor de tu puñetera vida!

Capítulo 2

ESTABA allí.

Cinco años después, estaba allí. Rafael. Allí mismo.

Frente a ella y mirándola como si fuera un fantasma; hablando de amor como si conociera el significado de la palabra.

Lily quería morirse, y esa vez de verdad. Ese beso aún reverberaba en su interior, encendiéndola de un modo que se había convencido que eran solo fantasías, no recuerdos, y mucho menos verdad. Quería arrojarse a sus brazos, como siempre había hecho, de un modo enfermizo, adictivo. Siempre. No le importaba lo que hubiera o no hubiera pasado entre los dos. Quería desaparecer dentro de él...

Pero ya no era esa chica. Ahora tenía otras responsabilidades, y muy grandes, por cierto. Cosas mucho más importantes en las que pensar que el placer o ese hombre destructivamente egoísta que ya se había cernido demasiado sobre su vida y durante demasiado tiempo.

Rafael Castelli era el demonio que ella llevaba dentro, esa cosa oscura y egoísta contra la que luchaba cada día de su vida. El emblema de su mal comportamiento, todas las terribles elecciones que había hecho, el dolor que había provocado, ya fuera de modo intencionado o no. Rafael estaba íntimamente envuelto en todo eso. Era su incentivo para vivir la nueva vida que había elegido, tan alejada del siniestro en sentido literal en que había terminado la anterior. Su hombre del saco. El monstruo bajo su cama en más de un sentido.

No se había imaginado que esa metáfora en particular, ese recuerdo tan vívido que había empleado como brújula para alejarse de la persona que había sido cuando lo había conocido, se hubiera hecho realidad una noche de jueves de un mes de diciembre. Justo allí, en Charlottesville, donde se había creído a salvo y por fin había empezado a creer que de verdad podía vivir la vida que se había construido como Alison Herbert. Que podría convertirse en una versión nueva y mejorada de sí misma y no volver a mirar atrás nunca.

–¿Debería seguir? –preguntó Rafael.

Habló con un tono de voz que ella no recordaba. Duro, intransigente, casi despiadado. Debería haberla asustado, y en realidad así fue, pero lo que la estremeció fue algo mucho más complicado que eso, algo que ardió en lo más profundo de su vientre.

–Apenas he ahondado en las cosas que sé sobre ti, pero podría escribir un libro.

Lily no había pretendido fingir que no lo conocía. No exactamente. Pero se había quedado impactada, paralizada con una mezcla de horror y alegría, y después horror otra vez por sentir alegría. Se dirigía a su coche después de hacer unos recados, había oído un ruido detrás y entonces lo había visto, como un ángel oscuro salido de una de sus pesadillas.

Rafael.

Lo había reconocido al instante: ese cuerpo esbelto y musculoso cubierto por un abrigo negro perfecta y elegantemente confeccionado, su hermoso rostro que era como una sinfonía de belleza masculina desde su denso cabello oscuro, que llevaba más corto de lo que recordaba, hasta esa boca, que se había reído y la había tentado y atormentado más allá de lo imaginable, y esa mirada de asombro.

Pero después nada de eso había importado porque la había besado.

Había vuelto a sentir su boca sobre la suya después de tanto tiempo. Su sabor, su roce, su calor.

Y entonces todo había desaparecido. La calle, la música que provenía del centro comercial y flotaba en el aire a su alrededor. Todo el pueblo, el estado y el país.

Los últimos cinco años habían desaparecido en un golpe de calor y deseo que había desarmado cada una de las mentiras que había estado diciéndose todo ese tiempo: que simplemente había estado encaprichada de él, nada más. Que el tiempo y la distancia erosionarían esa luz que brillaba entre los dos y la reduciría a un mero enamoramiento de juventud. Que no tenía nada que temer de ese hombre que no había sido más que un niño rico malcriado que se había negado a renunciar a su juguete favorito...

La verdad era tan ardiente, tan implacable, que la quemaba. Le decía cosas que no quería saber y le demostraba que seguía siendo una adicta, tanto como lo había sido su madre. Se había mantenido limpia durante cinco años y ahora, de pronto, volvía a ser una yonqui. Darse cuenta de ello la había abrumado tanto, tan profundamente, que no sabía qué podría haber pasado después, pero entonces lo había recordado y, con brusquedad, había apartado la boca de la de él, horrorizada.

Porque había recordado el motivo por el que no podía dejarse llevar por ese hombre tal como su cuerpo ansiaba; el motivo por el que no podía fiarse de sí misma cuando estaban juntos, ni siquiera por un instante. El motivo por el que tenía que alejarlo de allí fuera como fuera.

–Entonces sería una obra de ficción –logró decir por fin–. Porque a mí nunca me ha pasado nada de eso.

A él le cambió la cara. Esa expresión se ensombreció y algo se iluminó con un brillo dorado en las profundidades de su oscura mirada.

–Mis disculpas –dijo con voz suave.

Ella sabía lo peligroso que resultaría creer en ese tono de voz.

–¿Quién has dicho que eres?

–No estoy segura de querer compartir mi información personal con un loco que me he encontrado por la calle.

–Soy Rafael Castelli –dijo él.

Ese nombre le sonó a música, a lírica. Otra razón más para odiarse.

–Si no me conoces, como dices, los detalles pertinentes serían estos: soy el hijo mayor de Gianni Castelli y heredero de la fortuna Castelli. Soy presidente en funciones de las Bodegas Castelli, famoso en el mundo entero por mi agudeza para los negocios. No persigo a mujeres por la calle. No tengo necesidad de hacerlo.

–Porque los hombres ricos son bien conocidos por su sensata actitud.

–Porque, si tuviera la costumbre de abordar a mujeres por la calle, ya habría salido a la luz. Sospecho que los países se lo pensarían dos veces antes de dejarme cruzar sus fronteras.

Lily intentó mostrarse confundida y aturdida.

–Sigo pensando que debería llamar a la policía –murmuró–. Las cosas que dices no tienen ningún sentido.

–No es necesario.

Al responder, Rafael sonó mucho más italiano que un momento atrás, y la inquietó. Porque ese tono junto con la tensión de su mandíbula eran señales de su rabia. Lily podía verla, podía sentirla.

–Yo mismo los llamaré. Hace cinco años te dieron por muerta, Lily. ¿En serio crees que seré la única persona interesada en tu resurrección?

–Tengo que irme.

Él plantó la mano sobre la puerta del coche, como si solo con ese gesto lograra mantenerla allí. Y, para pesar de ella, lo cierto era que probablemente podría.

–No pienso perderte de vista.

Lily lo miró mientras en su interior se desataba una batalla que esperaba no fuera visible en su rostro. Él debía marcharse. Tenía que hacerlo. No había otra opción. Pero era Rafael y, durante el tiempo que lo había conocido, jamás había hecho algo que no quisiera hacer.

–Mi nombre es Alison Herbert –repitió. Ladeó la cabeza para mirarlo a los ojos y comenzó a contarle la historia de Alison, exceptuando un detalle crucial–: Nací en Tennessee. Jamás he estado en California y no he ido a la universidad. Vivo en una granja a las afueras del pueblo con mi amiga y casera, Pepper, que dirige una residencia canina y centro de acogida. Yo los saco a pasear, juego con ellos, limpio lo que ensucian y vivo en una casita allí desde hace años. No sé nada de vinos y, para serte sincera, prefiero una buena cerveza –alzó un hombro y lo dejó caer–. No soy quien tú crees.

–En ese caso, no tendrás ningún inconveniente en someterte a una prueba de ADN para que así me quede tranquilo.

–¿Y por qué me iba a interesar a mí tu tranquilidad?

–Lily tiene personas que se preocupan por ella –el modo en que Rafael encogió los hombros resultó mucho más letal que el suyo; pareció un arma más que un simple gesto–. Hay asuntos legales. Si no eres la mujer que yo juraría que eres, demuéstralo.

–O podría meter la mano en el bolsillo y sacar el carné de conducir que demuestra que soy exactamente quien digo ser.

–Los carnés se pueden falsificar. Los análisis de sangre son mucho más fiables.

–No pienso hacerme una prueba de ADN solo porque un loco con quien me he topado en la calle piense que debería hacerlo –le contestó con brusquedad–. Mira, he sido bastante agradable teniendo en cuenta que me has agarrado, me has aterrorizado y me has...

–¿Ha sido terror eso que he saboreado en tu lengua? –le preguntó él con una voz que pareció seda. Una voz que se deslizó sobre ella, que la atravesó, derribando en un instante las pocas defensas que tenía, recordándole una vez más por qué ese hombre era más peligroso que la heroína–. Porque a mí me ha parecido que era más bien otra cosa.

–Aléjate de mi coche –le ordenó. No podía dejarle ver lo que estaba sintiendo al verlo–. Voy a entrar y a marcharme y tú no me lo vas a impedir.

–Nada de eso va a suceder.

–¿Qué quieres? ¡Ya te he dicho que no sé quién eres!

–¡Quiero recuperar los últimos cinco años de mi

vida! –bramó Rafael con un tono que retumbó por las paredes de los edificios de la calle–. Te deseo. Llevo media década persiguiendo a tu fantasma.

–Yo no...

–Asistí a tu funeral. Estuve allí desempeñando simplemente el papel de tu hermanastro como si el corazón no se me hubiera salido del cuerpo y estuviera aplastado sobre las rocas del acantilado por el que cayó el coche. Estuve meses sin dormir, años, imaginándote perdiendo el control del volante y cayendo en picado... –apretó los labios y se detuvo un instante antes de continuar–: Cada vez que cerraba los ojos, te imaginaba gritando.

Ella estaba allí de pie mirándolo como si le estuviera hablando de otra persona, y en realidad así era, porque la Lily Holloway que él conocía sí que murió aquel día. Y ya no volvería jamás.

Y el Rafael que ella había conocido jamás se había preocupado por ella... ni por nada. ¿A quién pretendía engañar? Ella no había sido más que una de sus muchas mujeres y lo había aceptado porque no había conocido otra cosa.

–Lo siento. Lo siento por todo el mundo que se viera implicado en aquello. Debió de ser horrible.

–Tu madre no se recuperó jamás.

Pero Lily no quería hablar de su madre. Su frágil y ausente madre, que había temblado al más mínimo roce del viento, susceptible a todas las tormentas emocionales que la habían asaltado. Su madre, que se había automedicado a su antojo con peligrosas combinaciones de pastillas, siempre bajo la tutela de medicuchos charlatanes.

–¿Sabes que murió hace dieciocho meses? –continuó Rafael–. Eso no habría pasado si hubiera sabido que su hija estaba viva.

Lily sabía que ese dato dejaría unas cicatrices muy profundas, pero no podía quebrarse. Lo que sentía por su desconsiderada madre no era nada en comparación con lo que tenía que proteger en esos momentos.

–Mi madre está en la cárcel –le dijo–. Lo último que supe de ella fue que había encontrado a Jesús por tercera vez.

–Son todo mentiras.

Era demasiado intenso y su mirada demasiado penetrante. La aterraba que pudiera verlo todo, ver en su interior.

–Y lo que no puedo entender es cómo te piensas que me las puedes decir a la cara. No pensarás que me las voy a creer, ¿verdad?

Lily no sabía cómo habría salido de esa situación si de pronto no hubiera oído unas voces llamándola por la calle.

Dos de los clientes de Pepper, un matrimonio que la llamó por el nombre de Alison y que entabló una cordial conversación mientras ella estaba allí paralizada, aterrorizada, temiendo que le preguntaran por Arlo. Pero, cuando lo hicieron, se dio cuenta de que no tenía motivos para asustarse. El hombre que tenía a su lado ni se inmutó. ¿Y por qué lo iba a hacer? Rafael no conocía ese nombre y no podría saber qué significaba.

Cuando la pareja se marchó, sintió tanto alivio que estuvo a punto de marearse.

–Espero que eso te lo aclare todo.

–¿Lo dices porque te han llamado por ese supuesto nombre que tienes ahora? Las preguntas solo conducen a más preguntas. Está claro que llevas un tiempo viviendo aquí y te has convertido en parte de la comunidad –su expresión era dura, implacable–. No tenías intención de volver a casa jamás, ¿verdad? Te quedaste tan contenta dejándonos llorar tu muerte como si fuera real.

Él soltó la puerta y ella la cerró de golpe. Ignoró el modo en que él la miró, cerró el coche y echó a caminar de vuelta al centro comercial, donde habría luces y gente. Más gente que la conocía. Más gente tras la que situarse como si fuesen una barrera.

–¿Adónde vas? –le preguntó él no de muy buen grado–. ¿Es eso a lo que te dedicas ahora, Lily? ¿A salir huyendo? ¿Dónde te encontraré la próxima vez? ¿Vagando por las calles de Paraguay? ¿En Mozambique? ¿Bajo un nombre distinto?

Ella seguía caminando y él la alcanzó. Tenerlo al lado le hizo recordar demasiadas cosas que era mejor dejarse guardadas bien dentro. Le hizo pensar en cosas que solo le producían dolor. Él caminaba con su paso atlético a su lado, como siempre había hecho. Estaba tan cerca que, si se inclinaba un poco a la izquierda, podría acurrucarse contra su brazo, que era la mayor muestra de afecto público a la que se habían limitado en el pasado.

Se sentía cegada por el dolor y por ese deseo enfermizo que se había apoderado de tantas cosas en su vida, pero siguió mirando al frente y diciéndose que era el frío lo que hacía que le escocieran los ojos, nada más.

Tenía que haber un modo de escapar. Tenía que haber un modo de librarse de él. Tenía que mantener a Arlo a salvo. Era lo único que le había importado en los últimos cinco años y era lo único que podía permitir que le importara ahora.

Se sintió más segura una vez se acercó a la multitud que abarrotaba el alegre centro comercial.

–¿Vamos de compras? –la voz de Rafael sonó burlona y penetró las barricadas que ella había levantado en su interior–. Esto me recuerda mucho más a la pequeña y solitaria heredera que conocí una vez.

–Se me ha ocurrido comprarme algo caliente para beber y resguardarme del frío un momento –respondió ella negándose a reaccionar ante lo que él había dicho.

Ella no había sido una pequeña y solitaria heredera. Para empezar, había tenido poco que heredar a excepción de la casa de su madre. Por el contrario, el pobre niño rico había sido un chico sibarita y juerguista, amante de actrices de tercera, pseudoestrellas de programas de televisión y modelos de lencería. Esas eran las mujeres con las que se había dejado ver en público. Esas habían sido las mujeres que había llevado a casa, las mujeres con las que se había mofado de ella durante las vacaciones familiares en el lago Tahoe, dejándoles tender sus cuerpos retocados con cirugía sobre él para después hacerle admitir a ella que estaba celosa y, a continuación, aplacar su dolor con sus diestras manos y esa terrible boca en tan solo unos instantes robados tras una puerta cerrada con llave.

Era un hombre terrible, se recordó al esquivar a un chico con un monopatín. La había tratado de un modo espantoso y lo peor de todo era que ella se lo había permitido. Todo en su relación había estado mal. Detestaba a la mujer que había sido junto a él, las mentiras que había contado, los secretos que había guardado. Había odiado esa vida en la que se había visto atrapada.

Y se negaba a volver a ella. Se negaba a aceptar que su único destino era convertirse en alguien como su madre, de un modo u otro. Se negaba a dejar que el veneno de aquella vida, de esas personas, infectara a Arlo. Se negaba.

No quería ver si Rafael la estaba siguiendo; sabía que lo estaba haciendo, podía sentir que lo tenía justo detrás. Se limitó a seguir caminando hasta el centro comercial hasta que llegó a su cafetería favorita, abrió la puerta y entró... Para toparse con otro cuerpo masculino.

Oyó un improperio en italiano que Rafael le había enseñado cuando era adolescente y retrocedió con brusquedad. Al alzar la mirada, vio los oscuros ojos de los Castelli.

«¡Maldita sea!».

Luca tenía tres años menos que Rafael y, que ella recordara, era el hermano tranquilo y serio, aunque lo cierto era que nunca había mirado más allá de Rafael lo suficiente como para conocerlo bien. Luca se mostró como si le hubiera dado un puñetazo. Y ella sintió lo mismo. Tal vez habría sido posible convencer a Rafael de que era otra persona, o eso había creído desesperadamente. Pero ¿hacérselo creer a los dos hermanos Castelli? Imposible.

–Ah, sí –dijo Rafael tras ella envolviéndola con ese tono sardónico–. Luca, recordarás a nuestra difunta hermanastra, Lily. Resulta que ha estado viva y muy bien aquí en Virginia todo este tiempo. Sana y fuerte, como puedes ver.

–¡No soy Lily! –contestó ella con brusquedad, aunque sospechaba que fue más por desesperación que por estrategia, sobre todo encontrándose bajo la fulminante mirada de los hermanos. Pero solo la mirada de un hombre podía sentirla por dentro, quemándola como el ácido–. Me estoy hartando de repetírtelo.

La mirada de Rafael fue como una llamarada de oscuro fuego cuando se hizo a un lado y la agarró para apartarla de la puerta que estaba obstaculizando. Ella tardó un instante en soltarle la mano de su brazo y lo vio esbozar una pequeña sonrisa, como si supiera perfectamente lo que le producía el roce de sus dedos incluso tantos años después.

–Aunque –añadió Rafael dirigiéndose a su hermano–, como habrás notado, parece estar afectada por un oportuno caso de amnesia.

Lo cual no era una solución, pero sí la mejor respuesta a su actual situación, por supuesto.

Y fue así como Lily decidió, allí mismo, en esa abarrotada cafetería, que lo que tenía era justamente eso, amnesia. Y a raudales.

Capítulo 3

ESTO es imposible –fue todo lo que Luca dijo mientras Lily fingía no inmutarse por su gesto de asombro.

–He aquí –dijo Rafael con su ardiente y furiosa mirada posada en ella y haciendo que le ardiera la piel bajo sus capas de abrigo–. Te traigo buenas nuevas. Nuestro propio milagro de Navidad.

–¿Cómo? –preguntó Luca.

La hizo sentirse muy mal verlo así de conmocionado, pero no era momento para preocuparse por eso.

Allí estaban los tres, junto a la hilera de taburetes situados frente a los ventanales engalanados con esplendor navideño. Los hermanos Castelli, con su casi metro noventa, la miraban con demasiada emoción e intensidad. Intentó mostrarse impasible y ligeramente preocupada a la vez, como se preocuparía cualquier desconocido en la misma situación.

–¿Cómo logró salir del accidente? –preguntó Luca–. ¿Cómo ha desaparecido durante cinco años sin dejar ni un solo rastro?

Lily no tenía la más mínima intención de contarle a ninguno lo fácil que había sido. Lo único que había tenido que hacer había sido alejarse y después no volver a revisitar su pasado. No mirar atrás jamás. No volver a visitar ni los lugares ni a las personas que había conocido antes. Lo único que había necesitado había sido una buena razón para fingir que no tenía una historia detrás. Y entonces, a las seis semanas de su impetuosa decisión, había descubierto que tenía la mejor razón de todas. Pero ¿cómo podía explicarles que había borrado su pasado a dos italianos que podían remontar su linaje varios siglos atrás?

Eso, suponiendo que quisiera explicárselo, que no era el caso.

«No puedes», se recordó con brusquedad. Ese era el problema que tenían los Castelli. En cuanto quedaba mínimamente expuesta a esa familia, comenzaba a hacer lo que ellos querían.

–Pero ella dice que es otra persona y que no le ha pasado nada de eso.

–Y además la tienes delante y puede hablar por sí misma –apuntó Lily ásperamente–. Que me hayas confundido con otra persona es problema tuyo, no mío. Me has asaltado en una calle oscura. Creo que estoy siendo bastante indulgente dadas las circunstancias.

–¿La has asaltado? Eso no es propio de ti.

–Por supuesto que no –respondió Rafael sin apartar la mirada de Lily.

Bajo la luz y la calidez de la cafetería, ella podía ver los toques dorados de esos oscuros ojos que un tiempo atrás la habían tenido fascinada de forma desmedida, y de pronto volvió a sentir su boca contra la de él. Se dijo que eran solo recuerdos, nada más que recuerdos.

–Creo que... –estuvo a punto de decir «tu hermano», pero se detuvo a tiempo.

¿Una desconocida podría saber a simple vista que esos hombres eran hermanos? Pensó que el parecido físico era inequívoco y obvio. Su imponente altura, sus fuertes hombros, sus formas tan masculinas y tanto músculo hacían que parecieran estar tallados a la perfección. Ese denso cabello negro que tendía a ondularse si quedaba a su libre albedrío.

Luca tenía un estilo algo descuidado y en el rato que llevaban juntos ya lo había visto apartándoselo de la frente en varias ocasiones. Rafael, por el contrario, parecía una especie de monje letal con el pelo tan corto y ese gesto adusto. Pero compartían la misma boca carnosa y diestra y se reían del mismo modo, tan cautivador y asombroso, empleando todo el cuerpo como si entregarse al placer fuera para lo que habían nacido.

–Creo que tu amigo no está bien –terminó Lily dirigiéndose a Luca.

–Buen intento –dijo Rafael–. «Amigo». Muy convincente.

–Me alegro mucho de que estés aquí –prosiguió Lily aún mirando a Luca, aunque tenía la sensación de que mirara donde mirara solo podía ver a Rafael, como un sol oscuro que lo eclipsaba todo a su alrededor–. No estoy segura, pero puede que necesite atención médica.

Rafael soltó un torrente de palabras en italiano y Luca parpadeó aturdido y asintiendo. Estaba claro que le había dado una orden porque al instante Luca se giró hacia una mujer y un hombre que estaban sentados en unos taburetes próximos y comenzó a hablar con ellos, claramente con intención de distraerlos.

–Ahora te dejaré en manos de tu amigo –le dijo Lily a Rafael con tono animado.

Rafael esbozó otra de esas leves sonrisas que alteraban hasta el último nervio de su cuerpo.

–¿Eso crees?

–Tengo una vida –no debería haber dicho eso, no

debería haberse puesto tan a la defensiva porque una auténtica desconocida no se habría mostrado así, ¿verdad?–. Tengo... –tenía que tener cuidado con lo que decía. Mucho cuidado–. Tengo cosas que hacer que no incluyen atender a unos extraños confundidos con temas que no tienen nada que ver conmigo.

–¿Por qué has venido aquí? –preguntó él, y ella pudo ver dolor y algo más en su mirada.

–Es mi cafetería favorita de Charlottesville. Esperaba que un moca de menta me relajara un poco después de esa escena tan incómoda en la calle, y que te despejara un poco a ti.

–¿Es que crees que estoy borracho?

–No sé cómo estás. No sé quién eres.

–Eso ya lo has dicho.

–Me imagino que será cosa de ricos. Ves a alguien por la calle, la persigues y exiges que admita que es tal persona a pesar de demostrar que no. Si yo le hiciera eso a alguien terminaría en la cárcel o en un psiquiátrico, pero supongo que eso no le preocupa a alguien tan rico como tú.

–¿El valor de mi patrimonio ha superado de pronto el alcance de tu amnesia? Suele pasar. Es asombroso cuántas mujeres a las que no he visto en mi vida pueden calcular mi patrimonio hasta el último centavo.

–Me has dicho que eres rico. Por no mencionar que no vas vestido precisamente como un vagabundo.

–¿Cuándo va a terminar esta farsa?

–Ahora mismo. Me voy a casa. Y no te pienso preguntar si te parece bien. Te estoy informando. Y te sugiero que duermas bien. A lo mejor así dejarás de ver cosas que no son.

–Lo más gracioso de todo, Lily, es que hoy es la primera vez en cinco años que no veo un fantasma

–dijo, aunque no parecía que a él le resultara nada gracioso–. Eres completamente real y te tengo aquí delante, por fin.

Ella forzó una sonrisa.

–Dicen que todo el mundo tiene un doble en alguna parte.

–Si te abriera el abrigo y mirara bajo tu ropa ahora mismo, ¿qué encontraría? –le preguntó con un suave tono amenazador.

–Un cargo por agresión –contestó ella con brusquedad–. Y una probable condena.

–¿Encontraría tal vez un lirio de color escarlata anidado en una enredadera que sube por tu cadera derecha?

Su mirada era tan intensa que le quitó el aliento e hizo que le resultara infinitamente difícil quedarse allí, sin hacer nada, controlándose para no llevarse la mano a la cadera, para no apartarse como si la hubiera descubierto.

–En la zona de Charlottesville hay buenos psiquiatras –le dijo una vez estuvo segura de que podía hablar sin rastro de confusión en la voz y solo con la compasión y con la educación que le mostraría a cualquier persona que se encontrara y que estuviera así de loca–. Estoy segura de que cualquiera de ellos te recibiría de urgencia. Además, sin duda, tu patrimonio ayudará bastante.

Él le lanzó una amplia sonrisa, aunque no fue nada parecida a las antiguas sonrisas de Rafael, tan resplandecientes que podría haber iluminado toda Europa con ellas si hubiera querido. Esa fue una sonrisa dura. Centrada. Con determinación. Y, aun así, ella la sintió por dentro como una caricia.

Estaba tan ocupada diciéndose que era inmune a

él, que su presencia no la afectaba en absoluto, que no se apartó lo suficientemente deprisa. Ni siquiera vio el peligro hasta que fue demasiado tarde. Al instante, los dedos de Rafael estaban sobre su sien y ella no supo reaccionar, abrumada por las sensaciones.

¿Una desconocida se apartaría bruscamente? ¿O se quedaría allí paralizada e impactada?

–Aparta tu mano de mí ahora mismo –le dijo entre dientes decidiéndose por la opción de paralizarse, porque en realidad así estaba. De la cabeza a los pies. Le parecía imposible poder moverse. Podía sentir su caricia por todas partes. Por todas partes. Ardiente y perfecta. Como si después de todos esos años, el más mínimo roce de sus dedos fuera lo único que Rafael tuviera que hacer para demostrarle que, sin él, había estado perdida en la oscuridad.

Eso era calor. Eso era color y luz y...

¡Eso era peligroso! Todo su interior gritó alarmado.

–Te hiciste esta cicatriz esquiando en Tahoe un invierno –murmuró él como si le estuviera susurrando palabras de amor o sexo, en lugar de lanzarle una acusación, mientras acariciaba la diminuta marca que ella había olvidado que estuviera ahí. El efecto de esa caricia resultó embriagador–. Te tropezaste con un bloque de hielo y después chocaste contra un árbol. Tuviste suerte de que lo único que se te rompiera fuera un esquí. Tuviste que bajar caminando por un lateral de la montaña y le diste un susto de muerte a toda la familia cuando apareciste sangrando.

Rafael se acercó, mirándola con intensidad y centrado en esa pequeña cicatriz que ella había dejado de ver cada vez que se miraba en un espejo. Y seguro que la desconocida que estaba fingiendo ser se habría quedado igual de paralizada en esa situación y luego...

dividida entre la necesidad de salir a la calle gritando y el deseo de quedarse allí. Sin duda, cualquiera habría hecho lo mismo.

«Cualquiera para quien ese hombre haya sido una terrible adicción», dijo una dura voz en su interior.

Pero seguía sin moverse.

–Y tuve que soltar el típico comentario sarcástico del hermano mayor que en realidad nunca fui para disimular delante de nuestros padres. Hasta que pasó un rato...

Lily parpadeó. Recordaba lo que había pasado un rato después: él había usado la llave de su habitación de hotel que ella no debería haberle dado y la había encontrado en la ducha. Lo podía recordar con demasiada facilidad y con demasiado detalle. El vapor. El cosquilleo del agua ardiendo contra su congelada piel. Rafael entrando en la ducha aún vestido, con gesto adusto y con una dura luz en sus preciosos ojos.

Después la había besado y ella lo había abrazado, fundiéndose en él como siempre hacía. Él había deslizado las manos sobre la curva de sus caderas y ese maldito tatuaje que ella había dicho odiar y él había reconocido adorar. A continuación se había quitado los pantalones, la había levantado en brazos y se había adentrado en ella con un decidido movimiento.

–No vuelvas a darme otro susto así –le había susurrado contra el pelo antes de sumirlos a los dos en un salvaje éxtasis. Después, la había sacado de la ducha, la había tendido sobre la cama y lo había repetido todo de nuevo. Dos veces.

En su momento a ella le había resultado terriblemente romántico, pero, claro, en esa época era una chiquilla patética de veintidós años bajo el hechizo de ese hombre. En la actualidad, se dijo firmemente, todo aquello no era más que un mal recuerdo envuelto en demasiado sexo que no debería haber mantenido con un hombre al que jamás, nunca, debería haber tocado.

–Es una historia muy inquietante con alguna que otra dinámica familiar problemática –respondió ella apartándole la mano de la cara–. Pero eso sigue sin convertirme en esa mujer por muchas historias que cuentes para convencerte a ti mismo de lo contrario.

–En ese caso, hazte la prueba de ADN y demuéstralo.

–Gracias, pero paso.

–No era una sugerencia.

–¿Era una orden? –preguntó Lily soltando una carcajada. Al ver a Luca y a esas personas que estaban con ellos supo que se había quedado allí demasiado tiempo. Tenía que irse porque una desconocida ya lo habría hecho hacía un buen rato–. Estoy segura de que estás acostumbrado a dar muchas órdenes, pero eso tampoco tiene nada que ver conmigo –miró a Luca y forzó una sonrisa–. Todo tuyo.

Cuando echó a caminar hacia la puerta se esperó que Rafael la detuviera, esperó sentir una mano sobre su brazo, y, cuando nada de eso sucedió, se dijo que no estaba decepcionada. Abrió la puerta y no pudo evitar mirar atrás.

Rafael seguía donde lo había dejado, observándola. Su aspecto le resultó más bello y más duro que nunca. Contuvo un escalofrío y se dijo que era por el frío de diciembre. No por él.

–*Mi appartieni* –dijo él con tono suave y rotundo a la vez.

Y ella lo entendió, porque eran unas palabras que le había enseñado un tiempo atrás.

«Me perteneces».

–No hablo español –respondió fingiendo que no sabía distinguir ese idioma del italiano–. No soy ella.

Una vez desapareció en la fría noche de Virginia, todo dentro de Rafael se calmó.

Su hermano y la presidenta de la asociación vitivinícola estaban charlando, y su asistente estaba intentando mostrarle algo relacionado con el negocio en la pantalla del móvil, pero Rafael alzó una mano y todos dejaron de hacer lo que estaban haciendo.

–Hay una residencia canina a las afueras del pueblo dirigida por una tal Pepper –le dijo a su ayudante en un veloz italiano–. Encuéntrala –y mirando a Luca, añadió–: Llama al médico personal de papá y pregúntale cómo una persona podría haberse salvado de un accidente así y qué clase de lesiones cerebrales podrían haberle quedado.

–¿Crees que de verdad tiene amnesia? –preguntó Luca–. A mí me suena a algo sacado de una telenovela. Pero, sin duda, es Lily.

–De eso no hay ninguna duda.

Había sabido que lo era desde que la había visto pasar por delante de la ventana, y el resto no había hecho más que confirmar una verdad que ya conocía y reafirmar su sabor en sus labios después de tanto tiempo.

Luca se le quedó mirando un momento.

–El dolor que sentiste por su muerte fue extremo. Yo soy más de su edad y me afectó menos. El accidente alteró toda tu vida, tanto como si...

Rafael miró a su hermano pequeño como desafiándolo a terminar la frase. No sabía qué estaría viendo Luca en su rostro, pero el joven se limitó a asentir, esbozó una pequeña sonrisa y sacó su teléfono.

Tardó muy poco tiempo en conseguir las respuestas que había solicitado, en despedir con educación a la mujer de la asociación vitivinícola y pedirle que le transmitiera sus disculpas a quienes iban a ser sus acompañantes durante la cena, y en disponerse a ir a buscar a Lily en el coche que su asistente les había preparado.

–Si está fingiendo la pérdida de memoria –dijo Luca al entrar en el elegante coche con Rafael–, puede que ya se haya ido. ¿Por qué iba a quedarse? Está claro que no quería que la encontrase nadie.

Rafael miraba por la ventanilla; primero las calles y después los bosques pasaron ante sus ojos bajo una pálida luna. Al igual que estaba seguro de que ella lo estaba fingiendo todo, también estaba seguro de que no se habría movido de allí. La testaruda chica que había conocido resistiría y sería valiente en lugar de darse la vuelta y salir corriendo...

«Aunque lo cierto es que no la conoces en absoluto», dijo una sombría voz en su interior. «Porque la chica que tú conocías jamás se habría alejado de ti».

–Ya que somos la única familia que le queda, tenemos la responsabilidad de comprobar que no esté sufriendo algún tipo de estrés postraumático tras el accidente.

Dijo eso aun sabiendo que solo eran excusas. Lily estaba viva y eso significaba que haría lo que hiciera falta para recuperarla, tal como debería haber hecho cinco años atrás.

Pero eso no se lo quería decir a su hermano. Aún no.

Luca no respondió a su comentario y fue mejor así.

Las carreteras estaban cada vez más desiertas a medida que se alejaban del centro de Charlottesville y las tierras que se veían a cada lado del coche eran hermosas. Los árboles se alzaban desnudos sobre campos aún blancos por la última nevada. Eran tierras ricas y arables. Lily siempre había adorado los viñedos Castelli del norte del valle de Sonoma, así que tal vez no debería sorprenderle que hubiera encontrado un lugar para vivir que se le pareciera tanto. Las vides y las uvas habían formado parte de su vida desde que, con dieciséis años y no de buen grado, había visto a su madre casarse de nuevo.

Podía recordarlo con absoluta claridad mientras el coche atravesaba los campos helados de Virginia. Por entonces, Rafael tenía veintidós años. Sus respectivos padres los habían reunido a todos en la mansión que hacía de centro de operaciones de las Bodegas Castelli en los Estados Unidos, y Francine Holloway había sido exactamente lo que se había esperado. Preciosa, de rasgos frágiles y finos, con una exuberante melena rubia platino y los ojos del azul del cielo. Se había mostrado temblorosa y había hablado con un tono suave que habría hecho que determinado tipo de hombre se le acercara. Y el padre de Rafael era precisamente ese tipo de hombre. Nada le había gustado más que solucionar los problemas de pequeños y destrozados seres como Francine, y esa era una tendencia que se remontaba a la época en la que había conocido a su madre, que había pasado muchos años, antes y después del divorcio, internada en una institución de lujo en Suiza.

Rafael se había esperado que la hija adolescente fuera prácticamente como la madre, sobre todo teniendo un nombre tan fino y femenino. Pero esa Lily era una joven con garra.

–No parece que compartas la felicidad de nuestros padres –le había dicho tras una interminable cena durante la cual su padre había soltado unos discursos que habrían resultado emotivos de no ser porque Francine era su cuarta esposa y Rafael ya los había oído todos antes.

–No me importa la felicidad de nuestros padres –había respondido ella sin mirarlo.

El hecho de no mirarlo ya había supuesto una novedad para Rafael, porque la mayoría de las chicas se derretían literalmente por él. Sin embargo, esa jovencita, aparentemente inmune, había desviado la mirada hacia los grandes ventanales.

–Y supongo que a ellos tampoco les importa la nuestra.

–Seguro que sí –había dicho él pensando que podía aplacar los miedos de la chiquilla con su sabiduría y experiencia–. Tienes que darles una oportunidad para que olviden lo perfectos que se consideran el uno para el otro y puedan volver a prestar atención a sus vidas.

Lily se había girado hacia él y en ese momento, al ver su melena rubia rojiza moverse y sus hombros tan suaves bajo el vestido de tirantes, se había preguntado cómo sería acariciarla.

Y se había horrorizado por ello.

–No necesito un hermano mayor –le había respondido ella con descaro–. No quiero consejos que no pido, y menos viniendo de alguien como tú.

–¿Alguien como yo?

–Alguien que sale con chicas únicamente para salir en la tele, algo que seguro es superimportante en el mundo de los ricos. Felicidades. Y no necesito que me informes sobre los ridículos gustos de mi madre. Los conozco demasiado bien, gracias. Tu padre es el último de una larga lista de caballeros de la blanca armadura que nunca logran salvarla. No durará.

Y con eso había vuelto a mirar hacia la ventana con claro desdén.

Rafael no estaba acostumbrado a recibir ese trato, y menos proviniendo de una adolescente cuando normalmente las chiquillas tendían a seguirlo por todas partes mientras soltaban risitas nerviosas. Sin embargo, a Lily Holloway no se la podía imaginar así.

–Ah, pero ya verás cómo durará.

Ella había suspirado, pero no lo había mirado.

–Las relaciones de mi madre tienen la duración de un producto orgánico. Para tu información.

–Pero mi padre es un Castelli.

En ese momento, ella lo había mirado arrugando la nariz como si le resultara desagradable.

–Y los Castelli siempre conseguimos lo que queremos, Lily. Siempre.

En ese momento, mientras el coche salía de la carretera principal para acceder a un pequeño camino privado iluminado con farolillos, Rafael seguía sin saber por qué había dicho aquello. ¿Lo había sabido ya por entonces? ¿Había sospechado lo que sucedería? Lily lo había odiado abiertamente durante tres años más, lo cual la había diferenciado del resto de las mujeres del planeta. Lo había insultado, se había reído y burlado de él y lo había ignorado miles de veces mientras Rafael se decía que era una chica odiosa y que estaba celosa.

–¡Es insoportable! –le había gritado a Luca en una ocasión cuando Lily se había pasado toda una noche cantándoles canciones malintencionadas a su acompañante y a él.

–Pero Lily tiene razón, tu pareja se está comportando como una niñata –le había respondido su hermano con una sonrisa.

Y entonces había llegado aquella fatídica fiesta de Año Nuevo en Sonoma. Era posible que Rafael hubiera tomado demasiado champán Castelli, pero había sabido perfectamente lo que estaba haciendo cuando Lily había pasado por delante de él en el vestíbulo superior del ala destinada a la familia, ataviada con un vestido que le había parecido vulgarmente corto y subida a unos «zapatos de furcia», como él los había definido claramente. Como siempre por aquella época, la melena le caía suelta sobre los hombros y deslizándose de un lado para otro. Su aroma, acaloradamente dulce, lo había hecho enloquecer.

–Si estás buscando a «Calliope» –había dicho ella haciendo que el nombre de su por aquel entonces novia sonara como un insulto–, seguro que estará en la guardería junto con los demás niños. Tu padre ha contratado servicio de canguro. Está claro que os estaba esperando.

En ese momento Rafael había sabido que lo último que debería haber hecho era rodearle el cuello con las manos y besarla, pero se había imaginado que ella le respondería con un puñetazo, que él se reiría de ella y le diría que, si no pretendía ocupar el lugar de Calliope, lo mejor que podía hacer era callarse.

Sin embargo, al primer roce de sus bocas, todo había cambiado.

Todo.

«Y tú lo echaste a perder», se dijo justo cuando una vieja granja apareció al final del camino. «Porque eso es lo que haces siempre».

El coche se detuvo frente a la iluminada casa y enseguida quedó rodeado por un grupo de perros aullando. Bajó del coche justo cuando una mujer de pelo canoso salió corriendo de la casa para intentar controlar a los perros.

Y a pesar de los ladridos, los aullidos y el alboroto en general, Rafael lo supo en cuanto vio a Lily salir tras la mujer. Ya no llevaba puestos ni el abrigo ni la bufanda y no pudo evitar recorrer las elegantes y finas líneas de ese esbelto cuerpo. Los vaqueros se le ceñían haciéndole la boca agua y la camiseta de manga larga que llevaba se pegaba a sus pechos y le hacía darse cuenta de lo excitado y deseoso que se sentía por ella, incluso rodeado por tantos animales.

E incluso a pesar de ver lo horrorizada que se quedó al verlo.

–¡Esto es acoso! –le gritó desde los escalones–. No tienes derecho a seguirme hasta mi casa. ¡No tienes ningún derecho!

Antes de que Rafael pudiera responder, alguien pasó corriendo tras ella y a punto estuvo de caer por los escalones si Lily no lo hubiera agarrado.

Un niño. Un niño pequeño.

–Te he dicho que no salieras bajo ningún concepto –le dijo Lily con firmeza.

–Arlo apenas tiene cinco años –dijo la mujer desde la pequeña zona vallada, adonde había logrado llevar a todos los perros, mientras Rafael no podía apartar la mirada de Lily. Ni del niño–. No entiende lo que significa «bajo ningún concepto».

El niño miró a la mujer y después a Lily, que seguía sujetándolo por la camiseta.

–Lo siento, mamá –respondió con tono angelical antes de sonreír.

Era una sonrisa pícara, llena de luz y de la esperanza de que sus pecados quedaran perdonados. Rafael conocía bien esa sonrisa. La había visto en el rostro de su hermano, y la había visto en el suyo propio miles de veces más.

Se le paró el corazón. Después comenzó a latirle de nuevo con un golpeteo ensordecedor, terrible, que podría haberlo hecho caer redondo al suelo. No entendía cómo se había mantenido en pie.

–No tienes derecho a estar aquí –repitió Lily con las mejillas sonrojadas y los ojos brillantes. Rafael no entendía cómo podía desearla tanto. Nunca lo había entendido.

El niño no se parecía a la mujer a la que había llamado «mamá». Tenía sus rizos morenos y los ojos oscuros de los Castelli. Era como él en las fotos que había visto de pequeño esparcidas por el ancestral hogar familiar al norte de Italia.

–¿Estás tan segura de que no tengo derecho a estar aquí, «Alison»? –le preguntó asombrado de poder hablar cuando todo en su interior estaba dando gritos–. Porque, a menos que esté muy confundido, ese niño parece ser hijo mío.

Capítulo 4

AL DÍA siguiente, justo al amanecer, aterrizaban en el aeródromo privado de los Castelli al norte de Italia, a los pies de las Dolomitas. La luz de la mañana se extendía con un tono rosado y cristalino sobre las escarpadas y picudas cumbres nevadas de las imponentes montañas a ambos lados del estrecho valle. Lily miraba por la ventanilla sintiéndose como si le hubieran dado una patada en el estómago.

Jamás se había imaginado que volvería a ver ese lugar. Llevaba años diciéndose que no quería volver a verlo ni ver nada perteneciente a los Castelli, incluyendo esas botellas de vino con sus características etiquetas en la licorería. Aun así, le dio un vuelco el corazón en cuanto el jet privado tocó suelo. Se sentía como si estuviera volviendo a su hogar. Y lo sentía demasiado.

La anterior había sido la segunda peor noche de su vida.

De vuelta a casa tras dejar a Rafael en la cafetería, había sabido que no desaparecería sin más. No, porque él siempre había conseguido lo que había querido y ella era una más de las muchas cosas que había tomado simplemente porque había podido.

Había acelerado por las oscuras carreteras sin apenas fijarse en la belleza invernal de ese lugar al que había llegado a llamar «hogar», perdida en ese beso otra vez. Perdida en él. Si hubiera estado sola, se habría marchado de allí en aquel mismo instante. Habría seguido conduciendo hasta llegar a otro lugar y convertirse en otra persona. Ya lo había hecho antes y sabía perfectamente lo que hacía falta para desaparecer sin dejar rastro.

Pero ya no era una chica de veintitrés años desesperada, en esos momentos tenía que pensar en Arlo. Su precioso y mágico pequeño. Le había dado vueltas y vueltas a esa posibilidad durante el trayecto, pero no veía el modo de llevarse a Arlo de allí y hacerlo actuar como si perteneciera a un programa de protección de testigos durante el resto de su vida simplemente porque no quería tener ningún trato con su padre.

«Su padre».

Aún la hacía temblar pensar en Rafael de ese modo.

Recordaba el día en que había comprobado que estaba embarazada, de un modo tan vívido como si hubiera sucedido la noche anterior. En aquel momento llevaba seis semanas «muerta» y cada día que había pasado alejada de su antigua vida había sido más sencillo que el anterior porque le había resultado mucho más complicado volver. Había pasado demasiado tiempo. Un par de días ausente a consecuencia de la conmoción, tal vez incluso un par de semanas... eso sí lo podría haber explicado tras el accidente. Pero ¿reaparecer seis semanas después sin el más mínimo rasguño? Eso habría indicado intención y ellos habrían sabido que había desaparecido deliberadamente.

En una ocasión había visto la noticia de su accidente desde el ordenador de una biblioteca en Texas, pero había sido un error que no había repetido porque ver a la gente que quería llorar su pérdida la había hecho sentirse como un gusano. Como un ser verdaderamente despreciable. ¿Cómo iba a volver a sus vidas después de haberles causado tanto dolor? ¿Qué iba a decirles?: «Perdonadme todos. Quería apartarme de lleno de todo esto y en su momento me pareció una buena idea haceros creer que había muerto de un modo horrible en un accidente...».

Tras unas cuantas semanas sintiéndose extrañamente pesada y tremendamente revuelta, se había hecho una prueba de embarazo en el baño de un bar de carretera cerca de la frontera entre Arkansas y Missouri. Aún podía recordar cada detalle de aquella mañana de invierno; el sonido de los enormes camiones que había aparcados fuera. El frío del aire que le perforaba los huesos en el pequeño baño. Cómo se le había caído el alma a ese sucio suelo y ahí se había quedado mientras miraba con verdadero horror la prueba positiva que tenía en la mano.

No había habido vuelta atrás. En aquel lavabo con pobre iluminación en mitad de la nada había entendido varias cosas con gran claridad: que, a pesar de todo, a pesar del funeral que habían celebrado en su honor en Sausalito unas semanas después del accidente, hasta ese momento había creído que algún día volvería. Y que el hecho de estar embarazada de Rafael significaba que esa posibilidad quedaba anulada para siempre.

La relación que había mantenido con Rafael todos esos años había sido algo retorcido dado el hecho de que su madre había insistido en referirse a Luca y a él como «tus hermanos mayores». ¿Cómo podía haber metido a un bebé en esa situación tan sórdida? Eso sin mencionar que no tenía ni idea de cómo reaccionaría Rafael en una situación de verdadera adversidad. ¿Negaría ser el padre? ¿Le ordenaría que le pusiera fin al embarazo?

¿Cómo había llegado su vida a ese punto?, se había preguntado. Hasta el punto de sentir que su única opción era alejarse de todo lo que conocía para acabar descubriendo que había creado una nueva vida con un hombre al que realmente no conocía.

En ese momento se había jurado que le ofrecería a su hijo algo mucho mejor que ese triste comienzo en un lavabo de un bar de carretera, que le daría una buena vida en un nuevo lugar donde su enfermizo deseo por Rafael ya no sería un problema como lo fueron para ella las variadas adicciones de su madre que tanto la habían marcado. Que le daría a su hijo una vida en la que él fuera lo primero y no al revés; justo lo contrario a lo que le había sucedido a ella de niña.

Y se había mantenido fiel a todas esas promesas, había pensado justo al llegar a la granja la noche anterior. Arlo había salido corriendo de la casa, tan feliz y alegre como los perros que lo seguían jugando. Había abrazado su pequeño y cálido cuerpecito y se había sentido culpable porque sabía que solo era cuestión de tiempo que las cosas cambiaran. Y efectivamente, apenas habían comenzado a cenar con Pepper cuando había llegado el coche. Había intentado contener lo inevitable un poco más de tiempo, pero había sido imposible y, en cierto modo, lo había sabido en cuanto había visto a Rafael en la calle.

Sabía que Arlo se parecía a su padre, pero una cosa era saberlo y otra completamente distinta verlo en persona.

Y entonces Rafael le había lanzado esa mirada gélida y oscura que había hecho que la noche de diciembre a su lado resultara luminosa.

Ahí acababa una vida. Otra nueva estaba comenzando, lo quisiera o no.

Todo había quedado muy claro; no había habido lugar para la confusión. Estaba escrito en el rostro de ambos, era obvio, a pesar de que Lily se había ceñido a la historia de Alison y que Pepper había participado en la conversación confirmando su versión.

–Te he contado lo que sé –dijo Lily temiendo que sus mentiras se reflejaran en su rostro–. Todo lo que sé.

Rafael le había dicho a Pepper que Lily había tenido un grave accidente de coche cinco años atrás en la carretera de la costa de California y Luca lo había confirmado. No habían llegado a encontrar su cuerpo y ahora sabían por qué.

–¿Cómo puedes explicar que esté aquí y no te recuerde? –había preguntado Lily mientras Pepper la miraba desde el otro lado de la mesa como si estuviera buscando la verdad en su rostro–. Esto no tiene ningún sentido.

–No sé cómo una mujer pudo caerse por un precipicio en la costa de Sonoma y aparecer ilesa cinco años después al otro lado del país, con los recuerdos de la vida de una mujer completamente distinta y con un hijo que, sin duda, es mío –había dicho Rafael con furia en la voz y en la mirada a pesar de haber estado sentado tan tranquilamente a la mesa de Pepper, como si fuera un amigo en lugar de un enemigo–. Solo sé que eres la misma mujer. Y eso significa que sucedió, tenga o no sentido.

Y lo cierto era que no había tenido necesidad de echar mano de todas las fotografías que llevaban en el móvil y que parecía dispuesto a enseñar porque el juego había terminado en cuanto Pepper había visto a Rafael sentado al lado de su hijo.

«Su hijo».

–Esto es algo muy bueno –había susurrado Pepper abrazando a Lily antes de que los hermanos Castelli los alejaran del único hogar que Arlo había conocido–. Todo el mundo debería saber quién es de verdad, cielo. Y este pequeño necesita a su padre.

Lily había cuestionado que alguien pudiera necesitar a Rafael Castelli, pero había sabido muy bien que eso no debía decirlo. Todo se le había ido de las manos.

–Volveremos a Washington D.C. en el helicóptero donde nos está esperando un médico muy discreto para llevar a cabo los análisis pertinentes –había dicho Rafael–. Antes de que lleguemos a Italia sabremos cuál es la verdad biológica. Si ha habido algún error, te prometo que la familia Castelli se ocupará de que tu hijo y tú disfrutéis de unas maravillosas vacaciones en Italia antes de volver a vuestra casa sanos y salvos.

–Maravilloso –había respondido ella intentando esbozar una sonrisa–. Siempre he querido ver Venecia... antes de que se hunda.

El avión frenó en seco devolviéndola al desagradable presente. Arlo ya estaba dando botes en el asiento con su habitual e inagotable energía y ella no lo pudo culpar al verlo salir corriendo en cuanto la puerta del avión se abrió dejando entrar el fresco y limpio aire de la montaña.

Ella se tomó su tiempo, aunque sabía que no podía rezagarse mucho antes de tener que bajar también del avión, antes de tener que entrar en Italia. La realidad la sacudió con fuerza. Le pareció más hermosa de lo que recordaba, impresionante, con esas alturas de los Alpes cubiertos por la nieve y el cielo azul con toques rosados y corales por el exultante amanecer, y ese hombre que la esperaba, tan oscuramente hermoso e incluso más peligroso que el paisaje.

Rafael se guardó el móvil en el bolsillo cuando ella se situó a su lado. Se negaba a mirarlo y al instante se enfadó consigo misma por tan pequeña muestra de rebelión. ¡Qué patético! Sentía el corazón en la garganta y por primera vez en toda su vida pensó que se iba a desmayar de verdad.

«¡Ni te atrevas!», se gritó, y no precisamente porque no quisiera mostrarle debilidad, sino porque sabía que Rafael la sujetaría y el último lugar donde necesitaba estar eran sus brazos.

Mientras, no apartaba la mirada de Arlo, que estaba persiguiendo a su tío por la pista vacía.

Un resplandeciente todoterreno negro esperaba a una discreta distancia, preparado para llevarlos a todos hasta la vieja mansión que ocupaba varios acres en un extremo del cristalino lago alpino que los habitantes locales llamaban «Lago di Lacrime».

«El lago de las lágrimas», pensó Lily con pesar mirando hacia donde sabía que se encontraba, detrás del muro de rocas. Qué apropiado.

–Me temo que los resultados de los análisis están listos y que no dejan lugar a dudas –le dijo Rafael con un tono discretamente triunfante–. Eres Lily Holloway y Arlo es nuestro hijo.

Lily pensó que debería haber sentido pánico, desesperación o incluso el polo opuesto a todo eso, una sensación de alivio, tal vez, por volver a casa después de haber estado tantos años escondiéndose. Pero lo que sintió fue una profunda tristeza.

«Nuestro hijo», había dicho él, como si fueran otras personas, como si no se hubieran destrozado el uno al otro tanto que ni los últimos cinco años habían podido ni cambiarlo ni repararlo.

No creía que nada pudiera hacerlo.

Allí estaban, juntos, en uno de los lugares más hermosos y remotos del mundo, con la fuerza contagiosa que desprendían esas montañas y el cielo cada vez más azul mientras el fresco viento danzaba por su cabello y lo movía por su rostro como una caricia. Era precioso. Era más que precioso. Y, aun así, lo único que podía ver eran el oscuro y tormentoso pasado que los había llevado hasta allí, su terrible adicción a él y el profundo egoísmo de Rafael. Sus sucios y sórdidos secretos. Las terribles decisiones que había tomado para escapar de su lado, tan necesarias como imperdonables.

Eso no era un nuevo comienzo, era una pena de cárcel. Y lo único que sabía con seguridad era que, aunque Rafael era el responsable de que tuviera a su hijo, lo más grande que le había pasado en la vida y su único propósito en la tierra, también era la razón por la que había tenido que alejarse de todo lo que había querido.

Y había valido la pena hacerlo por Arlo. Por Arlo, todo valía la pena.

Pero eso no significaba que tuviera la más mínima idea de cómo podría sobrevivir al hecho de volver a estar al lado de Rafael.

–No sé cómo responder a eso –le dijo después del largo, incómodo y posiblemente revelador silencio–. No me siento como Lily Holloway. No sé quién es. Y no entiendo quién fue para ti.

–No temas –respondió Rafael con tono suave aunque oscuramente ardiente–. Te lo enseñaré.

Rafael no sabía qué hacer ahora que había llevado de vuelta a Italia a Lily y a su hijo... ¡Su hijo!

Era una sensación nueva y especialmente desagradable.

Oyó a su hermano entrar en el acogedor despacho privado de la mansión, pero no se apartó de la ventana. Ante él se extendía el prístino lago alpino bajo la neblina de la tarde, que ocultaba la pequeña y pintoresca aldea que lo adornaba en un extremo y las altas montañas que se alzaban tras él como una fortaleza, protegiéndolo.

Y mucho más cerca, en los jardines helados, el niño de cinco años que sin duda era suyo corría en círculos alrededor de la mujer que decía no poder recordarlo.

Estaba seguro de que podía. Más que seguro. Lo había visto en esos preciosos ojos, al igual que siempre había visto su deseo. Sabía que estaba mintiendo.

Lo que no sabía era el porqué.

–¿Tienes pensado decir algo? –le preguntó a Luca con un tono más agresivo del necesario–. ¿O te vas a quedar ahí quieto y en silencio y con actitud de desaprobación?

–Si quieres, puedo hablar –respondió Luca nada afectado por el tono de su hermano, como de costumbre–, pero las historias que te puedo contar son mucho menos interesantes que las tuyas, creo.

Rafael se giró y miró a su hermano pequeño.

–Creía que esta noche te marchabas a Roma.

–Y eso haré. Me imagino que tú tienes mucho más que hablar con Lily que yo –el sonido de las risas de un niño llegó desde el jardín. Luca sonrió–. Por ejemplo, sobre todas esas interesantes historias que aún no te ha parecido apropiado contarme.

Se quedaron mirándose. El fuego crepitaba en la chimenea y el viento de diciembre sacudía las ventanas.

Rafael nunca había tenido intención de ser padre y no sabía qué hacer ahora que lo era, ahora que había tenido un hijo sin su permiso, sin su conocimiento, y gracias a una mujer que había huido de él y después le había ocultado la existencia de ese niño durante tantos años. Deliberadamente. Lo había hecho deliberadamente.

No sabía qué sentía. O mejor dicho, no sabía qué debería sentir.

–¿Has venido a preguntarme algo? –preguntó Rafael al cabo de un momento–. ¿O es esta la clase de táctica que empleas en tus negociaciones esperando que la otra parte se desmorone entre tanto silencio?

Luca se rio, pero tampoco lo negó.

–Te pediría que me confirmes si es verdad que te acostaste con nuestra hermana...

–¡Hermanastra! –bramó Rafael–. Me imagino que eres consciente de la gran diferencia.

–Pero lo he dicho para darle un toque dramático, nada más. Bueno, de todos modos ya conozco la respuesta, a menos que tengas algo que contarme sobre una placa de laboratorio y una jeringa, en cuyo caso, soy todo oídos.

Luca tomó asiento y se acomodó como si fuera a presenciar una entretenida obra de teatro en lugar de la vida de su hermano.

Rafael suspiró.

–¿Ha habido alguna pregunta en algo de lo que has dicho?

–Entonces, ¿por eso huyó? –preguntó Luca con indiferencia, como si no le importara el asunto, aunque Rafael sabía que no era así porque había visto su gesto de conmoción cuando ella había entrado en aquella cafetería.

–No podría decir por qué huyó –o mejor dicho, por qué fingió su muerte. Eso era lo que había hecho, así que ¿por qué adornarlo?–. Y no parece que tenga intención de ir a contármelo.

Luca lo miró como si estuviera sopesando qué decir.

–Es asombroso cuánto se parece a ti ese niño. A papá le va a dar un infarto cuando lo vea. O eso o se va a sumir más aún en la demencia y va a empezar a hablar de fantasmas.

–Me aseguraré de ocuparme de eso, pero ya que no espero al viejo y a su nueva novia hasta Navidad, creo que podemos contener el melodrama familiar hasta entonces.

–*Buon Natale*, hermano –murmuró Luca, y se volvió a reír–. Seguro que serán las Navidades más alegres que hayamos pasado nunca. Fantasmas y resurrecciones y un nieto sorpresa. Es casi bíblico.

–Me alegro de que te resulte divertido.

–Yo no lo llamaría «divertido» exactamente –respondió Luca ya sin reír–. Pero ¿de qué serviría seguir torturándote? Llevas casi cinco años castigándote.

–No me he castigado –respondió Rafael, porque la penitencia que había hecho por una mujer que no había muerto en realidad no era asunto de su hermano–. Había llegado el momento de madurar y eso fue lo que hice.

–Rafael, te quedaste destrozado al pensar que estaba muerta. A lo mejor deberías consolarte con el hecho de que no lo esté. Lo demás ya se solucionará, seguro.

Rafael frunció el ceño.

–Por supuesto que me alegro de que no esté muerta, Luca.

–Pero ¿te alegras de que esté viva? –preguntó su hermano con una extraña perspicacia que demostraba que no era la criatura perezosa que se había pasado fingiendo ser durante gran parte de su vida, al menos en público–. No es lo mismo, ¿verdad?

–Por supuesto –respondió, aunque tal vez más tarde de lo esperado–. Por supuesto que me alegro de que esté viva. ¡Vaya pregunta!

–¿Estás así porque no se acuerda de ti? ¿O es por alguna otra cosa?

–No me creo que no se acuerde de nada. Se acuerda de todo. Se marchó.

Se hizo un intenso silencio.

–Rafael –comenzó a decir Luca–. *Mio fratello*...

–Ya he terminado con la conversación –contestó él.

–Pero yo no. No es lo mismo. Lily no es nuestra madre. No puedes comparar un accidente con lo que sucedió aquí.

–Eso no lo sabes con certeza –respondió en voz baja. Tan baja que resultó reveladora.

–Rafa...

–¡Basta! –dijo Rafael interrumpiéndolo–. Lily y yo aclararemos qué es lo que de verdad ha olvidado y qué le ha resultado conveniente fingir que ha olvidado. No hay necesidad de meter a nuestra madre en esto.

Por un momento pensó que Luca protestaría y se sintió tenso, como preparándose para contestar si su hermano se atrevía.

«Tienes que calmarte», se ordenó. «Es Luca. La única persona que quieres que no te ha traicionado nunca».

–¿Tienes alguna razón en particular para pensar que está fingiendo? –le preguntó su hermano al cabo de un momento con tono suave, como si no hubieran estado a punto de ahondar en las turbias aguas del triste destino de su madre. Incluso le sonrió–. La mayoría de las mujeres te llevarían consigo como si fueras su Estrella Polar y te reconocerían incluso aunque se hubieran olvidado de ellas mismas. Ese es el encanto de los Castelli, yo también lo conozco, por supuesto. Pero Lily siempre fue distinta.

Rafael sonrió.

–Sí que lo era.

–Puede que recupere la memoria o puede que no, pero, mientras tanto, está el niño. Mi sobrino.

–Mi hijo.

«Mi hijo». Era la primera vez que lo mencionaba en voz alta y no se sintió preparado para gestionar el torrente de alegría que lo invadió.

–Eso es –respondió Luca con un brillo en la mirada–. Así que tal vez lo que recuerde o lo que sucedió entre vosotros no sea tan importante en comparación con el hecho de que el niño está aquí. O, al menos, no debería serlo.

–Adiós, Luca –dijo Rafael en voz baja sin importarle cómo su hermano interpretaría ese tono. Lo único que quería era que esa incómoda conversación terminara cuanto antes y que Luca se marchara y lo dejara solo para poder recuperar su equilibrio de nuevo, porque estaba seguro de que debía de estar en alguna parte–. Me imagino que no te veré hasta Navidad. Es una pena. Seguro que hay alguien que te eche de menos.

–Mentiroso –respondió su hermano–. Tú ya me estás echando de menos.

Rafael sacudió la cabeza y se giró hacia la ventana ignorando el sonido de la risa de su hermano mientras se marchaba.

Fuera, el pequeño, su pequeño, seguía corriendo.

Arlo era un milagro. Arlo era algo imposible. Arlo era un perfecto y maravilloso error que Rafael había desconocido que hubiera cometido. Era un auténtico deleite.

Pero el niño no cambiaba nada.

Al contrario; hacía que él tuviera más claro todavía lo que quería hacer.

La antigua mansión Castelli se mantenía impecable gracias al perfecto y casi sobrenatural personal que Lily había olvidado en los últimos cinco años. La hacían sentir como si estuviera resplandeciente y perfecta en cada momento, cuando en realidad su trabajo era limpiar las habitaciones, tener disponible un ejército de niñeras con credenciales para cuidar de Arlo siempre que ella lo necesitaba, y mantener una atmósfera de elegancia constante a su alrededor.

Había sido complicado pasar de esos lujos diarios a los desafíos de la vida real, pero, con el tiempo, Lily había visto esa transición como una penitencia, como una prueba. Y mientras había servido mesas en locales a los que la antigua Lily ni se habría atrevido a entrar, se había dicho que se ganaría el derecho a criar a su hijo ella misma.

Se había marcado un plazo: si al llegar al octavo mes de embarazo no había logrado una vida mejor, entonces tendría que contarle a Rafael lo del bebé por el bien de su hijo. No permitiría que su pequeño viviera sumido en la pobreza cuando con una sola llamada podía sacarlo de un bar de carretera y llevarlo a un lugar tan maravilloso como ese.

Estaba embarazada de seis meses cuando Pepper había entrado en la cafetería después de llevar a dos perros a su nuevo hogar en Missouri. Tal vez no fue raro que hubieran conectado tan bien desde el principio; después de todo, Pepper era única ocupándose de los desamparados.

Y, cuando se iba a cumplir ese plazo de ocho meses, ya estaba viviendo en la casita de invitados de la propiedad de Pepper y con un puesto de trabajo que disfrutaba mucho. Le había gustado la vida que tenía allí y no había visto motivos por los que a su hijo no fuera a gustarle. Pepper se había portado como la hermana mayor que nunca había tenido y después había pasado a convertirse en una adorable abuela para Arlo.

No lamentaba ni un solo minuto del tiempo que había pasado en Virginia y precisamente por eso no lamentaba haberle ocultado a Rafael la existencia de Arlo.

A pesar de todo ello, ahora resultaba impactantemente sencillo acostumbrarse a la vida de lujos de los Castelli. Desde los majestuosos salones de baile hasta las elegantes habitaciones y las muchas bibliotecas, grandes y pequeñas, que salpicaban la vieja casa, cada centímetro del lugar era como una oda al antiquísimo apellido Castelli y una celebración de sus muchos siglos de riqueza y relevancia.

Esa noche, una semana después de su llegada a Italia, se encontraba en su biblioteca favorita mientras las niñeras que ya había dicho que no necesitaba se ocupaban de darle a Arlo su baño de la noche.

«Están contratadas para ello», le habían informado

la primera noche que habían ido a buscar al niño, y eso significaba que Rafael lo había ordenado, y en esa casa lo que Rafael ordenaba se cumplía. Era algo a lo que había que acostumbrarse.

–Siempre te encantó esta habitación.

Lily se sobresaltó con el sonido de su voz. Era como si con un simple pensamiento lo hubiera invocado, y tuvo que contenerse para no girarse y mirarlo.

–Me gustan las bibliotecas –respondió intentando sonar indiferente–. ¿No le gustan a todo el mundo?

–Esta te gusta porque decías que te recordaba a una casita en un árbol –dijo Rafael con tono suave.

Lily lo oyó adentrarse más en la acogedora habitación con maderas oscuras, librerías abarrotadas y la ventana salediza que rozaba las verdes copas de los árboles en verano. En esa época del año las ramas desnudas arañaban el cristal y le hacían pensar en todos los fantasmas que se encontraban en esa sala junto a ellos.

Se giró y vio a Rafael mucho más cerca de lo que se había esperado. Al verlo, ataviado con unos pantalones de estilo informal y un jersey, sintió ganas de tocarlo y se dijo que el corazón le palpitaba con tanta fuerza solo por los nervios, por el pánico de tener que fingir y desempeñar un terrible papel.

Sin embargo, el calor que la embargó decía algo totalmente distinto, sobre todo cuando se alojó en lo más profundo de su vientre y ahí comenzó a palpitar.

Fue entonces cuando cayó en la cuenta de que no había estado a solas con Rafael desde aquella fría noche en Charlottesville; verdaderamente a solas y donde nadie podía oírlos.

Le palpitaba el corazón con tanta fuerza que por un momento temió que él pudiera oírlo.

–¿Una casita en un árbol? –preguntó mirando hacia la ventana–. No lo entiendo.

Mirándola como si estuviera analizando las mentiras de su respuesta, Rafael retrocedió unos pasos. Lily suponía que era una distancia segura, pero lo cierto era que con Rafael no había nada seguro y que no había distancia en el mundo que pudiera anular las chispas que saltaban entre los dos. Porque eso seguía pasando en ese momento, como si no hubiese sucedido nada, como si no hubiesen pasado cinco años.

–¿Has disfrutado la semana que llevas aquí? –le preguntó él con tono suave, como si fuera su anfitrión y ellos estuvieran pasando allí unas meras vacaciones.

Lily no se creyó ese tono de voz.

–Esto es precioso –respondió como si fuera la primera vez que visitaba aquello–, aunque un poco inhóspito por la época del año. Y sin duda la casa es impresionante, pero eso no impide que me sienta como si estuviera en una cárcel.

–No estás en una cárcel, Lily.

–No... No me gusta que me llames así.

–No puedo llamarte de otro modo –respondió él con fuego en la mirada y encendiéndola a ella por dentro–. Es como si lo llevara pegado en la lengua.

Ella prefirió no pensar en su lengua en ese momento.

–Si no es una cárcel, ¿cuándo me puedo marchar?

–Eso no.

–No te conozco. No conozco este lugar. Que tú recuerdes esa vida que crees que tenía no cambia el hecho de que yo no recuerde haberla vivido. Una prueba de sangre no cambia el modo en que me siento.

Pensó que tal vez, si seguía diciéndolo una y otra vez, podría convertirlo en realidad.

–Siento que te sientas así –respondió Rafael con un tono increíblemente sereno que no se correspondía con esa dura mirada en su hermoso rostro–, pero las cosas son complicadas. No puedo dejarte ir sin más y esperar que tengas la amabilidad de mantener el contacto. Supones más que un simple riesgo de fuga.

–¿Y por qué no puedes dejarme hacerlo cuando sabes que eso es lo que quiero?

–Porque soy padre.

–Arlo no sabría distinguirte de una lata de pintura –le respondió con brusquedad.

–¿Y quién tiene la culpa de eso?

Estaba furiosa, pero sabía que no debía perder el control delante de Rafael porque eso la delataría tan rápido como la pasión. O más. Porque, si al menos lo estuviera besando, no podría decir nada fuera de lugar.

Se quedó atónita. ¿De dónde había salido ese pensamiento?

Por supuesto, lo sabía. Estaba en una pequeña habitación a solas con Rafael. Cinco años atrás él ya la habría tomado allí mismo, sin vacilar. En una ocasión le había hecho el amor en el sofá de piel que en ese momento tenía a su derecha y lo había hecho apenas segundos después de haber cerrado la puerta.

Cuando ahora se acercó y se sentó en ese mismo sofá, vio algo muy masculino y pasional en su mirada, como si él también estuviera recordando lo mismo. Se quitó las botas, subió los pies al sofá y se rodeó las piernas con los brazos.

–Bueno, cuéntame tus teorías –le dijo con una calma que no sentía en absoluto.

Rafael se quedó donde estaba, cerca de la pared de libros. No se acercó ni se sentó, simplemente se la quedó mirando.

«Está buscando mi punto débil», pensó ella intentando reunir fuerzas. Porque estaba segura de que Rafael no se creía la historia de la amnesia.

–¿Qué teoría preferirías oír? Tengo muchas.

Mirarlo desde donde estaba sentada, desde ese ángulo, resultaba inquietante. Era imposible ignorar su perfecto torso o ese esculpido abdomen, era complicado no perderse en las masculinas formas de su atlético cuerpo. Pero lo que cinco años atrás había resultado puramente sexual, en esos momentos parecía aplacado, enfriado. Más centrado e intenso. Y eso lo convertía en un hombre más devastador todavía.

Tenía que encontrar un modo de ignorarlo, pero eso era algo que no había hecho nunca.

«Eres una adicta», se dijo. ¿Acaso no había acudido a aquellas reuniones de vez en cuando aquellos primeros días tras la huida fingiendo que había sido otra adicción la que se había apoderado de ella y le había arruinado la vida totalmente?

–¿Qué crees que me pasó? Si soy esa tal Lily, ¿por qué creo que soy otra persona?

La oscura mirada de Rafael brilló y ella supo que estaba conteniendo las ganas de decirle que omitiera ese «si», que sí que era Lily Holloway, le gustara o no.

–¿Qué pensaste cuando te pregunté por tu tatuaje en la cafetería? ¿No te pareció extraño que un perfecto desconocido pudiera describirlo con tanta perfección cuando, según tú, nunca antes nos habíamos visto?

–Claro que me pareció extraño. Pero todo en ti me pareció extraño.

–¿Y ya está? ¿No se te pasó por la cabeza que lo que estaba diciendo pudiera ser verdad?

–En absoluto –lo miró esperando que la tensión que

la invadía no se reflejara en su cuerpo–. Si me acercara a ti y te dijera «Hola, tu verdadero nombre es Eugene Marigold y te conozco de cuando vivías en Wisconsin», ¿me creerías?

–Dependería de las pruebas que me dieras –le respondió con un pícaro brillo dorado en la mirada que hizo que la recorriera un estremecimiento.

Ella se encogió de hombros.

–Estoy aquí para decirte que las pruebas no ayudan. Supongo que pensé que habrías visto mi tatuaje antes.

–¿Así que sueles pasearte por ahí pavoneándote y enseñándolo?

Lily se quedó paralizada. Conocía ese tono. Posesivo. Apasionado.

–A veces me pongo traje de baño para ir al lago, si con eso te refieres a «pasearme por ahí pavoneándome».

–Pues será un traje de baño diminuto.

–En Estados Unidos los llamamos «biquinis».

Él emitió un sonido parecido a una carcajada y se acercó a ella, que al instante sintió que se le secaba la garganta. Sin embargo, Rafael se limitó a sentarse en el sillón de enfrente.

Y entonces, de pronto, Lily retrocedió en el tiempo. Recordaba perfectamente ese modo tan insolente de sentarse, como si no le importara nada en el mundo. Ese era el Rafael que había conocido. Provocativo. Sensual. Y aunque en ese momento, por mucho que intentara disimularlo, resultaba claro que él no estaba nada relajado, su cuerpo reaccionó ante el recuerdo. Más que reaccionar, estalló en llamas que la devoraron haciéndola querer retorcerse en el sofá. Pero no se atrevía a moverse, apenas se atrevía a respirar. Esperaba que él pensara que su rubor se debía a la mención de los biquinis o al fuego que crepitaba en la chimenea, aunque ¿a quién intentaba engañar? Él sabía perfectamente por qué se había sonrojado.

–¿Cómo se te ocurrió el nombre de Alison Herbert? Tenías una biografía muy específica preparada. ¿De dónde la sacaste?

Por supuesto, mencionar la verdad era algo que ni se planteaba porque la verdad era que le había comprado el carné de conducir a una chica a la que se parecía vagamente, en el aparcamiento de un bar de carretera y con el dinero de las pagas de una semana. Además, se había servido de la historia que la chica le había narrado apresuradamente sobre su vida para utilizarla como suya después.

–No lo sé.

–Creo que puedes hacerlo un poco mejor que eso –le dijo él esbozando una media sonrisa–. ¿Recuerdas tu infancia como esa tal Alison?

Había tenido poco más de una semana para prepararse esa actuación.

–Por supuesto –respondió. Se detuvo, respiró hondo, contó hasta diez y continuó–: Quiero decir, creo que sí.

–Ah.

No se podía creer cómo ese hombre era capaz de quitarle todo el aire de la habitación. Le costaba respirar con solo mirarlo.

–No le veo sentido a hablar de esto –dijo entonces apartando la mirada de él–. Está claro que lo que recuerde o no es irrelevante. Tienes los análisis de sangre.

–Los tengo.

–Y por eso estamos aquí –dijo ella, y volvió a mirarlo–. Pero ¿y tú?

–¿Yo? –preguntó Rafael con gesto de diversión–. Yo sé perfectamente quién soy.

–Pero eras mi hermanastro –dijo Lily, y ladeó la cabeza intentando mostrarse más curiosa que amenazante–. ¿Cómo pudo pasar algo así?

Esa noche parecía frágil. Su melena rubia rojiza recogida destacaba la delicada elegancia de su esbelto cuello y, aunque eso era algo a lo que no le había prestado demasiada atención cinco años atrás, en ese momento no podía pensar en otra cosa.

A pesar de estar cubierto por un ancho jersey, el cuerpo de Lily seguía resultándole embriagador y volviéndolo loco.

No se podía creer que no lo recordara. Pero, si de verdad no lo recordaba, entonces tampoco podría recordar lo que había sucedido entre ellos y podría exponérselo del modo que a él le gustara. Y, si resultaba que sí lo recordaba, bueno, entonces estaba en su derecho de interrumpirlo y corregirlo, ¿no?

Después de todo, esa era la mujer que le había ocultado que era padre y que tenía un hijo de cinco años. Si no la hubiera visto en aquella calle de Virginia, ¿le habría contado en algún momento lo de Arlo? Lo dudaba mucho. Jamás lo habría sabido.

Por el bien de ella, casi deseaba que verdaderamente tuviera amnesia.

Le sonrió y se sintió casi como un lobo a punto de atacar a su presa.

–Es una historia muy dulce –dijo viendo cómo ella se tensaba–. Eras una adolescente cuando nuestros padres se unieron. Una jovencita desgarbada y tímida. Apenas hablabas.

–¿Qué?

Lily tosió cuando él la miró y logró mostrar una expresión tan cándida que casi lo hizo vacilar. Casi.

–Lo siento. ¿Has dicho «desgarbada»?

–Muchos adolescentes tienen esas etapas complicadas, pero creo que estar con Luca y conmigo te ayudó un poco.

–¿Lo dices porque fuisteis unos hermanos excelentes para mí? –preguntó ella arrugando la nariz de ese modo que a él siempre le había gustado tanto... y que le seguía gustando–. Eso nos lleva a un terreno algo fangoso, ¿no?

Rafael se rio.

–Nada más lejos de la realidad. Prácticamente te ignorábamos –dijo moviendo una lánguida mano en el aire–. Nuestro padre siempre se está casando con distintas mujeres, cuanto más hundidas y abatidas, mejor, y a veces vienen con hijos a los que se nos pide que tratemos como si fueran de la familia durante un tiempo. Todos sabemos que es temporal, una especie de obra de caridad, en realidad –le sonrió–. No, lo que quiero decir es que Luca y yo salíamos con unas mujeres elegantes, con estilo y socialmente adaptadas, y tú las idolatrabas, por supuesto. Debió de ser como una clase maestra para una chica como tú, que venía de unas circunstancias tan distintas.

–¿Tan distintas eran?

–Estoy hablando más de que hay algunas chicas que tienen una cierta elegancia. Nacen con ella, creo –la vio sonrojarse, seguro de que era por furia y no por el calor del fuego, y continuó–: Espero que mi sinceridad no te moleste. Si te ayuda, creo que las mujeres europeas logran mejor esa elegancia que las estadounidenses. Tal vez sea algo cultural.

–Qué suerte tener a todas esas mujeres con las que salíais para ayudarme a superar mi americanismo.

Él esperaba que estuviera recordando a las mujeres con las que había salido por aquel entonces, todas tan elegantes como lo puede ser un banco de lodo.

–¿Fue eso lo que pasó? ¿Todos esos dechados de feminidad me convirtieron en una de ellas y viste que tenías que salir conmigo también?

Rafael sonrió ante el comentario y vio la reacción en sus ojos azules antes de que ella bajara la mirada, pero el calor que había visto en ellos lo devoró como si fueran llamas y, cuando continuó, su voz sonó más ronca.

–Me escribías poemas a diario confesando lo que sentías por mí. Era adorable.

–Poemas. Me resulta... asombroso. En serio. Porque no he escrito ni una palabra desde que tengo memoria.

–No sabemos cuánto tiempo es eso, ¿verdad?

–¿Y durante cuánto tiempo te estuve cortejando con poesía adolescente? Te debió de resultar muy embarazoso.

–Mucho. Se te daba fatal.

–Si no fuera por la existencia de Arlo, pensaría que esta historia iba a seguir un camino muy distinto.

–El día de tu dieciocho cumpleaños –dijo como si estuviera recordando una de sus viejas historias favoritas en lugar de estar inventándosela en el momento–, te plantaste delante de mí con un vestido blanco, como de boda, y me pediste que te concediera un deseo.

–Oh, como en un cuento de hadas. ¿Me has dicho que ahí tenía ocho o dieciocho años?

–Dieciocho –respondió él conteniendo las ganas de reírse–. Estabas muy protegida, Lily.

–Pero no por ti, porque de ser así el hecho de que acabáramos juntos resultaría grotesco –respondió sonriendo–. Supongo.

–Estabas muy protegida por el estricto colegio de monjas al que ibas –mintió. Que él supiera, jamás había ido a un colegio de monjas–. Hasta contemplaste la idea de hacerte monja.

Casi pudo oír su estallido de furia, como el sonido del agua cayendo sobre un metal ardiendo. Sin embargo, ella se contuvo. Con esfuerzo.

–Una monja. Quería ser monja.

Rafael sonrió con demasiada satisfacción.

–Qué monada.

–Y aun así acabamos engendrando un hijo –dijo con cierta acidez en la voz aunque con expresión impasible–. A pesar de que yo era una aspirante a monja sin más ambición que vivir un cuento de hadas. Un cuento de hadas poético.

–El día de tu dieciocho cumpleaños me pediste un beso –continuó él recostándose en el sillón, disfrutando. No podía recordar haber disfrutado tanto en los últimos cinco años–. «Por favor, Rafael», me suplicaste. «Quiero saber lo que es ser mujer».

–¡Venga ya! Nadie dice esas cosas. Al menos, no en la vida real.

Él se encogió de hombros.

–Y, aun así, tú lo hiciste. ¿O lo recuerdas de otro modo?

–No recuerdo nada en absoluto –murmuró, y él vio ese brillo en su mirada. Su chica testaruda–. Aunque, para serte sincera, me suena un poco melodramático.

–Fuiste una adolescente muy teatrera, Lily.

–¿Y aun así todo este melodrama nos condujo a una relación secreta? Cuesta creerlo, ¿no?

–Eso fue lo que me pediste. Me suplicaste un beso que, por supuesto, yo te negué.

–No puedo decir que te culpe. Cuestionaría a un hombre que viera a una adolescente desgarbada con un vestido de novia improvisado y se planteara seriamente levantarle el velo y pensar «quiero un poco de eso».

Rafael no sabía cómo contener la risa.

–Te dije que no podía besar a una persona tan inocente y que tendrías que demostrar ser una mujer si querías que te besara como a tal.

–¿Y ese te pareció el mejor modo de responder a una adolescente que estaba claramente confundida? Me pregunto si un par de palabras amables habrían sido de más ayuda. O eso o el número de un buen terapeuta.

–Pensé que te volverías corriendo y gritando a tu pequeño mundo de protección –no sabía en qué momento había salido de su historia inventada para adentrarse en la verdad, pero sí sabía que no le estaba gustando. Estiró las piernas y la miró. Ella estaba al otro lado de la alfombra, la misma donde una vez se había puesto de rodillas y lo había tomado en la boca mientras sus padres hablaban a voces en el pasillo, al otro lado de la puerta. Recordaba el calor de sus labios y el roce de su lengua como si hubiera sucedido el día anterior. Y la parte más dura de su cuerpo también lo recordaba–. Como dice el refrán, pensé «perro ladrador, poco mordedor».

–Deja que lo adivine... Mordí.

–Por así decirlo –Rafael recordó aquel beso en Nochevieja. Recordó su sabor invadiéndolo y el peso de su salvaje melena sobre sus manos. Recordó la presión de sus pechos contra su torso y la suavidad de la dulce piel de sus ingles, que no debería haber llegado a tocar–. Decidiste que tenías que demostrarte a ti misma que eras una mujer.

–¿Y para eso tuve que superar alguna especie de prueba? –preguntó Lily con el mismo tono suave, aunque con cierto matiz descarado.

–¿De verdad quieres los detalles?

Ella le lanzó una mirada ardiente, aunque la desvió al momento.

–No.

–Insististe en que guardáramos el secreto. Me pediste que saliera con otras mujeres en público para que nadie se enterara. Eras muy decidida.

–Y, por supuesto, tú me lo concediste.

–Por supuesto. Soy un caballero.

En ese momento se produjo un largo silencio. Solo se oían el crepitar del fuego, los lejanos ruidos propios de todas las casas viejas y el clima de diciembre al otro lado de las ventanas.

Y también el sonido de su propio corazón, que latía demasiado fuerte para la simple conversación que estaban manteniendo.

–¿Puedo ser sincera contigo?

–Siempre.

–Creo que no te creo.

Rafael no pudo evitar sonreír y dejó de intentarlo.

–¿Recuerdas otra versión de los hechos, entonces?

–Por supuesto que no. Sabes que no.

–Entonces mi versión permanecerá ahí, tal como la he contado –dijo él triunfante.

–Supongamos que todo es verdad. ¿Por qué ibas a enamorarte de mí? La persona que describes parece un desastre.

–El amor nos vuelve locos, Lily.

–Prácticamente has admitido que te lo has inventado todo al preguntarme si tenía una versión diferente.

–Dime qué parte –la desafió.

Ella se incorporó en el sofá con tanta fuerza que lo sobresaltó. Se puso las botas enérgicamente y se levantó. Rafael quería hacer lo mismo, pero permaneció donde estaba, como si no hubiera estado más tranquilo en toda su vida.

–Esto es una locura –murmuró ella, más para sí que para él–. ¿Qué clase de persona eres si juegas de este modo?

–¿En serio quieres saber la verdad? –preguntó él incorporándose sin dejar de mirarla.

–Pensé que para eso me habías traído aquí. Que me dirías siempre la verdad, me gustara o no.

–Una vez supiste la verdad, Lily –le respondió él con una dureza que lo sorprendió y que no pudo contener–. La viviste. Y después lanzaste tu coche por un acantilado y te marchaste. Tuviste un bebé, te cambiaste el nombre y te ocultaste en un lugar en el que nadie de los que te conocíamos te habría buscado. Tal vez no quieras saber la verdad.

Lily sacudió la cabeza, más como si estuviera intentando ignorar sus palabras que como si las estuviera negando. Y eso, él lo vio como una victoria.

–O puede que ya sepas la verdad y que todo esto sea un juego al que estás jugando por tus propios motivos. ¿En qué clase de persona te convertiría eso?

Ella se tensó tanto como si la hubiera abofeteado.

–Creo que no estás bien de la cabeza –le contestó al ir hacia la puerta–. ¿Por qué ibas a contarme un montón de mentiras? Unas historias falsas de un pasado inventado solo empeorarían las cosas.

–Yo no me preocuparía por eso –respondió Rafael con tono amenazante, peligroso, mientras se esforzaba por no moverse de donde estaba, por dejarla marchar cuando era lo último que quería–. Lo más probable es que lo olvides también.

Capítulo 5

EL HISTÓRICO *palazzo* Castelli era pequeño para los estándares venecianos y estaba ubicado en el imponente Gran Canal a la sombra de residencias mucho más notorias que habían sido habitadas en el pasado por las grandes y nobles familias de la vieja Venecia. Pero por mucho que se repitiera eso, por mucho que recordara cómo su antiguo padrastro se había referido a ese lugar con desdén, como si le pareciera impensable que alguien quisiera estar allí, verlo desde el agua del Gran Canal la dejó sin aliento.

Sentía como si tanta belleza reunida en un solo lugar le hiciera daño.

Se dijo que era solo por las vistas: la vieja construcción de piedra elevándose desde las profundidades del canal como si estuviera flotando, la calidad de la dorada luz que salía de su interior y se reflejaba en el agua como un oscuro sueño hecho realidad en esa fría noche.

Era solo por eso, se aseguró, no por el hombre que tenía al lado en la elegante barca privada, tan alto, silencioso e imponente. Parecía un oscuro príncipe, pensó como si estuviera encarnando a la poeta adolescente que nunca había sido. Parecía como salido de otro mundo, salido de una fábula.

«Contrólate», se dijo con firmeza. «Pierde el control con este hombre y lo perderás todo».

–Es precioso, ¿verdad? –la voz de Rafael sonó sedosa, como el anochecer en esa ciudad casi sumergida de arcos, misterios y sueños–. Y aún no se ha hundido en el mar.

–Sí, por supuesto que es preciosa –respondió ella con dureza–. Y seguro que todas las guías de viaje editadas en los últimos trescientos años están de acuerdo contigo, pero sigo sin entender por qué estamos aquí.

–Ya te lo he dicho. Es Navidad y debo hacer mi acto de presencia anual en la fiesta de nuestros vecinos porque, de lo contrario, el mundo tal como lo conocemos se detendrá. Mis ancestros se levantarán de sus tumbas en señal de protesta y el apellido Castelli se sumirá en la infamia durante las épocas venideras. O al menos eso es lo que me ha dicho mi padre en un montón de dramáticos mensajes de voz.

Ella apretó las manos dentro de los bolsillos para contener la calidez que se iba abriendo paso por su pecho y que, sin duda, sería su perdición.

–No entiendo ni qué tiene eso que ver conmigo ni por qué he tenido que dejar a mi hijo con unos desconocidos para acompañarte a hacer una especie de encargo familiar.

Rafael esbozó esa media sonrisa que siempre la desarmaba.

–¿No lo entiendes? Eres la madre de mi hijo, que, por cierto, no podría estar más feliz con un auténtico ejército de niñeras para atender todos sus caprichos, como me imagino que sabrás bien. ¿Y dónde, si no, deberías estar tú más que a mi lado, para que todo el mundo te vea y se maraville con tu resurrección?

Lily no sabía qué le dolía más, si que la hubiera llamado «la madre de su hijo» con ese tono tan posesivo o que hubiera dicho que la quería a su lado, como si fuera lo más natural del mundo, cuando el Rafael que había conocido siempre se había empeñado en mantenerla oculta como su oscuro secreto.

Por supuesto, eso no debía recordarlo, y por un momento se imaginó cómo habría sido la situación si de verdad no lo hubiera recordado. Si pudiera creerlo esa vez.

Pero pensar así solo la conduciría a la locura y al dolor. Por eso, intentó ignorarlo.

–Cuando dices «para que todo el mundo te vea», espero que no te refieras a paparazzi ni cosas así –dijo frunciendo el ceño–. Trabajo en una residencia canina en Virginia. No quiero que ningún desconocido me mire.

No pudo interpretar ese oscuro brillo de su mirada ni tampoco el modo en que Rafael tensó la mandíbula como si estuviera conteniendo algo.

–Si quieres, puedes ponerte una máscara, incluso aunque aún no estemos en *carnevale*. Muchos lo hacen, aunque tal vez no por ese sentido de la modestia que tú pareces tener. Porque, claro, solo eres la empleada de una residencia canina. De Virginia.

Lily lo miró por un breve instante justo antes de que la elegante embarcación llegara al muelle del *palazzo*.

–Pero no te confundas, Lily. Yo siempre sabré quién eres.

Su voz pareció una caricia y ella odió esa traicionera parte de su ser que deseaba que lo fuera, que lo anhelaba de todas las formas que temía admitir. Porque temía que, si lo admitía, fuera como el equivalente emocional a lanzarse por un acantilado, esa vez de verdad. Y entonces, ¿qué sería de ella? «Tal vez no quieras saber la verdad», la había acusado él y quizá tenía razón. No la quería saber porque ya había visto exactamente a dónde conducía. Ya sabía exactamente lo que amarlo le hacía hacer; las repercusiones de esos sentimientos la habían convertido en alguien a quien detestaba.

–El día está despejado –había dicho Rafael una luminosa mañana la semana anterior al entrar en el salón privado del ala familiar en el que Lily y Arlo se habían acostumbrado a desayunar.

Lily había alzado la mirada y se había quedado sin aliento al encontrarlo allí inesperadamente. Ese cuerpo alto y esbelto cubierto por un atuendo engañosamente informal que lo hacía parecer una especie de aventurero poderoso, un príncipe italiano moderno, igual de dispuesto a escalar las montañas que se alzaban fuera que a subir a un trono...

En ese momento pensó: «Tal vez todas esas ridículas mentiras que te contó sobre tu absurdo y melodramático comportamiento de adolescente no se alejaban tanto de la realidad».

–Gracias –había respondido ella con el tono más indiferente que había logrado adoptar–, te agradezco el informe meteorológico.

Rafael había esbozado entonces esa media sonrisa que la encendía por mucho que intentara controlarse.

–Me abrumas con tu agradecimiento –había murmurado él, y ella no entendió cómo podía hacer que solo eso pudiera sonar sexual. Cómo podía hacer que ese tono sonara a sexo.

Por otro lado, Arlo sí que parecía apreciar verdaderamente a Rafael, de un modo puro y sincero, y eso hizo que se le encogiera el corazón y que la invadiera una emoción parecida a la vergüenza. El pequeño había alzado los brazos y había comenzado a cantar a pleno pulmón ajeno a la tensión que fluía por la habitación. Lily había forzado una sonrisa cuando Rafael había enarcado una ceja.

–Es la canción del «hola» –le había dicho con tanta dignidad como había podido reunir sentada al lado de un niño de cinco años que estaba cantando y bailando como un loco en la silla–. La ha aprendido en la guardería. La cantan todas las mañanas.

–Me siento honrado –había respondido Rafael sonriendo a su hijo.

Y había sido una sonrisa de verdad, una de esas puras sonrisas de Rafael que ella recordaba, una tan luminosa que incluso podría haberlos catapultado de lleno en la primavera.

Y en ese momento se había odiado, porque la sonrisa que le había dirigido a Arlo había sido auténtica, preciosa, llena de orgullo y de una dulzura que jamás habría dicho que Rafael Castelli pudiera poseer.

A continuación, Arlo había saltado de la silla y había corrido a engancharse a las piernas de Rafael para darle un fuerte abrazo.

Lily no había sabido si reír o llorar, sobre todo al ver que Rafael se había quedado aturdido por un momento antes de posar delicadamente la mano sobre la cabeza del pequeño y sonreírle.

–Les hace lo mismo a todos los hombres que conoce –había dicho arruinando el momento.

Y esas palabras habían quedado pendiendo en el aire del salón, como amplificadas por los viejos muros de la mansión. Si hubiera podido alargar la mano y atraparlas para retirarlas, si hubiera podido contenerlas, lo habría hecho.

Pero no había modo de reparar el daño que siempre le había hecho a ese hombre, ni el que él le había causado siempre a ella. Solo podía vivir con ello.

La sonrisa de Rafael se había desvanecido hasta desaparecer por completo y después, cuando la había mirado, lo había hecho con furia. Lily pensó que no podría sentirse peor, pero lo cierto era que había un lugar mucho más oscuro y horrible.

«Esto es lo que haces cuando estás con él. En esto te conviertes», había pensado, y había querido decirlo en voz alta para recordarle que siempre terminaban en ese mismo horrible lugar. Sin embargo, no podía decir nada y por eso se había quedado sentada y callada.

–Está lo suficientemente despejado como para bajar paseando a la aldea –había dicho Rafael al cabo de un rato.

Y durante ese largo momento en silencio había pensado que él habría visto la fealdad de su interior, una fealdad que se había imaginado llenando la habitación y expandiéndose por toda la casa. Por suerte, Arlo era ajeno a todo y seguía aferrado a las piernas de su padre y cantando otra alegre canción.

–He pensado que podría ser una agradable excursión en familia, siempre que no estés demasiado ocupada pensando en nuevos comentarios despiadados que lanzarme.

Lily se había negado a disculparse con él, pero aun así había notado la garganta dolorida por todas las disculpas que tenía allí atascadas. Le había borrado esa maravillosa sonrisa porque era una persona terrible.

Además, Rafael había empleado la palabra «familia».

–Me parece una idea encantadora –había respondido con la voz ronca, saturada por todas las cosas que no podía decir. Las cosas que no quería admitir que sentía. Los recuerdos que había temido que él pudiera ver reflejados en su cara–. Gracias.

De pronto, Lily regresó al presente y encontró a Rafael mirándola fijamente de ese modo que le hacía olvidar cómo respirar. Al cabo de un instante, fue consciente de que estaba alargando la mano y esperando que ella la tomara.

–Solo quiero ayudarte a bajar, Lily –le dijo él con voz suave y cierto tono de oscura diversión.

–Ahí va otra mentira –no había pretendido decir eso, debería haberlo contenido junto con todo lo demás.

Pero tal vez para demostrarle lo poco que la molestaba, le tomó la mano.

Fue un error. Sabía que lo sería.

No importó que ambos llevaran guantes para protegerse del frío, no importó que no pudiera sentir su piel contra la palma de la mano ni su calor, porque pudo sentir su fuerza. Pudo sentir su desatado poder llenándola de unas sensaciones que no quería, tan peligrosas como la misteriosa noche veneciana que los bañaba.

En ese momento no hubo ninguna media sonrisa. Solo una mirada penetrante.

Calor. Pasión. Deseo.

Se sentía descolocada, alterada, como si el mundo se tambaleara bajo sus pies igual de inestable que la embarcación, que el muelle, que las casas venecianas erigidas sobre el viejo terreno; algunas sumidas en la oscuridad de la edad y el abandono, y otras iluminadas desde dentro con perfectos adornos navideños hechos de cristal de Murano, pero todas ellas tan bellas como inseguras.

Igual que Rafael.

Lily subió al muelle con más presteza que elegancia y después le soltó la mano, como si le quemara. Sentía que seguían conectados, que compartían una conexión que iba más allá del sexo y que nada había podido aplacar. Ni el tiempo ni la distancia, ni la traición ni su supuesta muerte. Y en esos momentos comenzaba a entender que ya nada lo haría, que se había estado engañando todos esos años al imaginarse que podría ser de otro modo.

El *palazzo* se alzaba ante ella con sus elegantes plantas resplandeciendo contra la oscuridad del cielo. Se le llenaron los ojos de lágrimas, pero se aseguró que era solo debido al frío viento que le sacudía la cara.

«Es por el frío», se dijo. «Solo por el frío».

Pero entonces sintió las manos de Rafael girándola hacia él y supo que estaba condenada, que ambos lo estaban. Estaban destinados a destrozarse mutuamente desde el momento en que se habían conocido.

Podía verlo en el gesto de esa preciosa boca, en el fuego de esa mirada. Y lo que era aún peor, podía sentirlo por el modo en que ella simplemente... se derretía. Nunca había deseado nada tanto como volver a sentir la presión de su boca contra la suya.

«Solo una vez más», se dijo al mirarlo.

Aunque sabía que era una gran mentira.

–No me beses –le susurró de un modo demasiado revelador–. No quiero que me vuelvas a besar.

Rafael tenía la boca totalmente cerrada y esa mirada que podía haber asolado ciudades enteras.

–Vaya, hablando de mentiras... –dijo, y la llevó hacia sí en algo que parecía simular el abrazo de dos enamorados.

O tal vez no fue ninguna simulación.

Ella plantó las manos contra su torso, aunque no sabía si para apartarlo o simplemente para sujetarlo.

–No es una mentira solo por el hecho de que no te guste.

Rafael se la quedó mirando un momento y Lily olvidó dónde estaban, en qué continente y en qué año. En qué ciudad. Porque allí no veía nada más que el oscuro brillo dorado de su mirada. Él levantó una mano enguantada hacia su mejilla y el roce del cuero resultó una caricia, aunque también un castigo porque no se podía comparar a lo que habría sido el roce de su piel desnuda.

–Relájate –le dijo él con tono de indiferencia, como si fuera ella la única que estaba sintiendo aquello. La única afectada–. No voy a besarte aquí. Hace demasiado frío.

–Querrás decir que es un lugar demasiado público.

–Quiero decir que hace frío –repitió él con un peligroso brillo en la mirada.

–No entiendo qué tiene que ver la temperatura –contestó Lily con un tono demasiado enojado.

Rafael sonrió.

–La próxima vez que te bese, Lily, no será como en Virginia. Esta vez no habrá nada más que nuestra química habitual. Y ya sabes qué pasa luego...

Sí, lo sabía. Miles de imágenes la asaltaron, cada cual más luminosa y más pecaminosa que la anterior. Su resbaladiza boca y sus manos. Su cuerpo hundiéndose dentro de ella. El sabor de su piel bajo su lengua, la dura perfección de su cuerpo bajo sus manos.

El fuego, el deseo. El imposible e invencible fuego.

–No –le respondió mirándolo directamente a los ojos sin importarle cuánta emoción se le pudiera reflejar en la mirada convirtiéndola en una mentirosa–. No sé lo que pasa.

Él deslizó el pulgar sobre su labio inferior y el golpe de calor que ella sintió casi la hizo gemir. Casi.

–Pues prepárate para el viaje –la miró como si estuviera dentro de ella y moviéndose a un ritmo enloquecedor–. Es incontrolable. Siempre lo ha sido.

Lily echó la cabeza atrás, consciente de que él le habría impedido apartarse si hubiera querido. Rafael bajó la mano con un gesto de satisfacción que a ella le hubiera gustado borrarle de una bofetada, tanto que tuvo que apretar los dientes para controlarse.

–No sé qué significa eso –le dijo con un tono tan gélido como el aire que los rodeaba. Como las oscuras y misteriosas aguas del canal–. Estoy segura de que no quiero saber lo que significa.

Él seguía mirándola como si estuvieran haciendo el amor, como si fuera a ser un resultado inevitable. Como si eso fuera un preámbulo.

–Significa que te beso y al instante estoy dentro de ti –le dijo con una voz salida de esos salvajes y ardientes sueños que ella no dejaba de decirse que eran pesadillas. Llevaba años diciéndoselo–. Siempre.

–Me lo tomaré como una amenaza –contestó ella retrocediendo y sabiendo que nunca lo había deseado tanto.

–Puedes tomártelo como quieras, pero es un hecho, Lily. Tan inevitable como el amanecer tras una larga y fría noche. E igual de ineludible.

Rafael pensaba que huiría.

Había situado a unos sirvientes en la puerta de su dormitorio, pero a pesar de sus sombrías suposiciones, las horas pasaban y no había saltado ninguna alarma.

Y, cuando el reloj marcó la hora señalada, Lily

apareció en lo alto de las grandes escaleras del *palazzo* como la última de las fantasías que llevaba conjurando los últimos cinco años.

Lo había planeado bien. Había hecho que enviaran el vestido desde Milán y había dispuesto a un grupo de sirvientes para que se ocuparan de peinarla y maquillarla.

Había creído estar preparado para ver el resultado, pero una cosa era imaginarse a Lily, su Lily, sana y salva y vestida como un miembro de la clase alta veneciana con la que se codearían esa noche, y otra cosa era volver a verla con sus propios ojos.

Nunca se había alegrado tanto de que la escalera fuera tan larga porque, gracias a eso, había tenido tiempo para recomponerse. Lily se movía con la fluidez del agua, con elegancia y belleza a cada paso. Llevaba su cabello de color miel rojizo recogido en lo alto de la cabeza y sujeto por pequeñas y brillantes horquillas, tal como él había solicitado. El vestido que había encargado a su medida envolvía sus preciosos pechos y caía hasta el suelo insinuando su esbelta figura a la vez que la ocultaba con esos metros y metros de resplandeciente tela verde azulada.

Nunca en su vida había visto nada tan hermoso.

Y entonces esa diosa perfecta de rostro increíblemente bello se detuvo y lo miró.

–Quiero una máscara.

Rafael se quedó atónito e intentó contener su reacción porque de nada serviría tenderla sobre las escaleras, lamer su calor y saborear los secretos que le seguía ocultando. De nada serviría hacer jirones ese perfecto vestido para venerar la curva de su dulce cadera y el tatuaje que sabía que se contoneaba ahí, bajo la tela.

–¿Por qué? –respondió intentando sonar lo más educado y civilizado posible dadas las circunstancias.

–¿Acaso necesito una razón? Has dicho que la gente se las pone.

–Sí –no se podía permitir tocarla. No hasta estar seguro de que podría controlarse–, estamos en Venecia, pero quiero que me digas por qué quieres una.

Lily ladeó esa maravillosa barbilla y él sintió una sacudida de calor recorriendo su anhelante sexo. Pronto le resultaría difícil caminar. Podría sentarla a horcajadas sobre él y tenderse sobre el frío suelo y...

Como pudo, se sacó esas imágenes de la cabeza.

–Quiero fingir ser una de las grandes cortesanas de Venecia –le dijo con brusquedad como si le hubiera leído el pensamiento–. ¿No me has traído por eso? ¿Para que yo pudiera recrear la historia?

–A menos que quieras recrear tu propia historia aquí mismo, sobre los duros suelos de mármol, te sugiero que pruebes de nuevo.

Ella lo miró, manteniendo bien alta esa orgullosa barbilla.

–No quiero que me reconozcan. No me gusta que me traten como a un fantasma salido de la tumba –le dijo mientras él contemplaba la elegante curva de su adorable cuello–. Y menos cuando no puedo recordar a la persona que ellos creerán que soy.

–Yo lo recordaré por los dos.

–Eso es lo que me da miedo.

Y entonces Rafael descubrió que no podía hablar. Avisó a un sirviente alzando un dedo y se alegró de que tardara poco tiempo en encontrar una máscara antifaz dorada perfecta para su vestido. Para su hermoso rostro.

Ella alargó la mano, pero él se le adelantó y, con

delicadeza, de un modo casi reverencial, se la colocó en la cara. La ajustó sobre sus elegantes pómulos y a cambio recibió la dulce recompensa de verla respirar entrecortadamente.

–Ya está. Ahora solo yo sabré quién eres.

Lily lo miró a través de la máscara y a él le pareció una mirada atribulada, oscura, solitaria.

–Creía que de eso se trataba, que has estado asegurándote de que así sea –susurró ella con tono acusador.

Y ya que no podía hacer lo que quería hacer, Rafael hizo lo que le pareció mejor después de eso. Le tomó la mano y la sacó del *palazzo*.

Capítulo 6

SUBIERON a una embarcación para llegar a la fiesta, que se celebraba en un majestuoso *palazzo* renacentista frente a las oscuras aguas del Gran Canal. Según se acercaban al muelle adornado con luces navideñas, Lily observó las tres plantas de la edificación con sus iluminadas ventanas finamente talladas. La música salpicaba la noche y resonaba por el agua y por los edificios de piedra de la ciudad, y unos invitados elegantemente vestidos llenaban la brisa con sus carcajadas.

Le costaba cada vez más respirar. Al menos esa noche llevaba una máscara que no solo le ocultaría su identidad al resto del mundo, sino que también esperaba que la ayudara a ocultarle sus sentimientos a Rafael. Porque él la conocía muy bien.

El hecho de que tuviera la capacidad de saber qué decían sus gestos y sus miradas en cada momento no la ayudó exactamente a respirar mejor. Intentó ocultar eso también al despojarse de la cálida capa que la cubría y dejarla en la cabina de la embarcación que Rafael había alquilado para la noche.

Él le tendió una mano cuando llegaron al muelle del *palazzo* y ella se sintió orgullosa de sí misma al lograr bajar sin más, como si tocarlo no significara nada. Después él la agarró del brazo mientras subían los elegantes escalones de la grandiosa entrada, con sus puertas abiertas a la noche como si el frío no se fuera a atrever a entrar y la oscuridad se fuera a rendir ante el brillo de tantas antorchas. Lily sentía que él desprendía calidez y frío al mismo tiempo.

«Ten cuidado», se dijo. «Ten cuidado con él».

Entrar en el majestuoso *palazzo* fue como entrar en una especie de sueño, como entrar en una caja de música adornada con joyas para danzar y girar junto con las hermosas criaturas que ya estaban allí, moviéndose por los suelos de mármol y bajo la majestuosidad de las lámparas de cristal situadas dos pisos más arriba. Rafael se disculpó para ir a saludar a sus anfitriones y sus vecinos y la dejó allí junto a una de las grandes columnas, feliz de sentirse anónima. Se apoyó en el frío mármol como si pudiera anclarla a la tierra. No sabía adónde mirar. Era una escena cargada de magia, de magia veneciana.

Sí, había asistido a muchas fiestas elegantes en el pasado, e incluso había acudido a un gran baile en una villa romana con toda la familia Castelli y su madre. Había presenciado glamurosas bodas en impresionantes escenarios, tanto nacionales como internacionales, exclusivos actos benéficos e incluso en una ocasión había empezado el año bailando con Manhattan a sus pies en un ático de cuatro plantas en Central Park West.

Pero todo eso había sucedido mucho tiempo atrás y nada se había parecido a Venecia.

Esa noche todo el mundo resplandecía como los más hermosos diamantes, perfectamente tallados. Las mujeres eran sencillamente impresionantes y los hombres gallardos. ¿Sería la gente o el lugar en sí? Lily no estaba segura. Hasta el aire allí parecía más limpio. Se veían alegres plumas y alguna que otra máscara, corbatas negras y suntuosos vestidos de alta costura. La primera planta del *palazzo* estaba bañada en elegancia y esplendor, y una orquesta tocaba música con tintes navideños desde un estrado de mármol que parecía estar sosteniéndose en el aire como por arte de magia sobre la refinada pista de baile situada en el centro del gran espacio, abierto al cielo de la noche y rodeado por tantas estufas que resultaba imposible llegar a sentir el frío de mediados de diciembre.

Lily tembló y supo que no era por la temperatura, sino por el exultante lujo. Era una ciudad que se estaba hundiendo, con un modo de vida casi olvidado, pero ni una sola persona de las que tenía delante bailando y riendo en la noche parecía consciente de ninguna de esas desagradables realidades.

Algo en su interior se revolvió.

–Ven –dijo Rafael susurrándole al oído y apoyando el torso contra su espalda–. Quiero bailar.

–Aquí debe de haber cientos de mujeres –le respondió Lily a pesar de que Rafael le resultaba infinitamente tentador–. Seguro que alguna bailaría contigo si se lo pidieras con educación.

La carcajada de Rafael despertó en su interior un intenso deseo que se expandió en todas las direcciones y ya no fue capaz de apartarse de él, tal como debería haber hecho.

–No quiero bailar con ellas, *cara*. Quiero bailar contigo.

Lily deseaba más que nada bailar con él en ese mágico lugar, y precisamente por eso sabía que no debía hacerlo. Apartó la cabeza del dulce roce de su boca a pesar de lo mucho que le costó y dolió romper esa conexión. Cuando se giró hacia él, Rafael tenía la mirada posada en sus pechos. La piel que le asomaba sobre el escote se le erizó de excitación y de un modo innegable. Su reacción ante él quedó clara.

Rafael tardó unos instantes en levantar la mirada y, cuando por fin lo hizo, su expresión casi la hizo gemir.

–Yo no bailo –le dijo rápidamente antes de llegar a traicionarse quedándose callada y permitiéndole llevarla consigo.

Mientras, él se mantuvo allí de pie, tan alto y bello, con su corbata negra que parecía diseñada específicamente como un homenaje a su perfecta masculinidad, y ella quiso llorar. Gritar. Hacer lo que fuera para romper la tensión que la invadía y la palpitante sensación alojada entre sus piernas.

–Quiero decir que creo que no sé.

–Sí que sabes.

–No sé de qué sirve que me digas eso porque, si no me acuerdo, puedo tropezarme y dudo que sea la clase de espectáculo que quieras dar en una fiesta como esta.

En ese momento, él deslizó un dedo por el borde inferior de la máscara y lo que ella notó fue presión, no calor. No la estaba tocando, así que no había motivos para que se le hubiera acelerado el pulso ni para que se le hubiera cortado la respiración.

Más pruebas en su contra, pensó.

–No tienes que recordar nada, Lily –le dijo él con una brillante mirada y una melosa voz que se coló en su interior e hizo que el cuerpo se le llenara de deseo–. Solo tienes que seguirme.

Rafael no esperó su respuesta, directamente le agarró la mano y la llevó a la pista.

Mientras, Lily se decía que se estaba entremezclando con la multitud, nada más. Que no quería que la reconocieran esa noche, lo cual significaba que tampoco quería llamar la atención montando una escena. Bastante llamaba la atención ya Rafael con su impresionante presencia, haciendo que las cabezas se giraran a su paso. Para él eso era algo tan común que no parecía ni percatarse de ello. Lily se dijo que lo correcto era seguirlo obedientemente, que así lograría mantener el anonimato y pasar desapercibida; que así sería una mujer más con un antifaz. Una de las muchas que había allí esa noche.

Pero entonces Rafael la tomó en sus brazos y dejó de pensar en todo para pensar solo en él.

Rafael.

Su sensual boca esbozaba una mueca adusta, pero su mirada era tan intensa que la hizo estremecerse por dentro. No podía defenderse contra esa mano que la rodeaba ni contra la que estaba posada sobre su espalda baja, como si estuviera desnuda, como si la elegante caída de su vestido no sirviera de barrera. Un pedazo de carbón ardiendo contra su espalda desnuda la habría afectado menos. Tragó saliva, colocó la mano sobre los músculos de su esculpido hombro y sintió su calor colarse en ella.

Se había sonrojado solo por ese contacto con ropa y no podía hacer otra cosa que mirarlo mientras respiraba entrecortadamente.

Sabía que debería haber hecho algo, lo que fuera, para disimular, para ocultar cómo temblaba ante su roce, ante esa depredadora y posesiva mirada. Sin embargo, no lo hizo.

No hizo nada. Y por un momento se quedaron allí, mirándose mientras los demás bailaban a su alrededor como si fueran el centro de un carrusel. Lo único en lo que Lily pudo pensar fue en que, por fin, se estaban volviendo a tocar. Después de cinco largos y solitarios años, volvía a estar en sus brazos.

«Este es tu sitio. Siempre lo ha sido y siempre lo será».

Y entonces Rafael comenzó a moverse.

Lily se sintió como si estuviera flotando. Sentía la melodía del vals, su roce, el modo en que se deslizaban por la pista como si estuvieran solos, el modo en que él la miraba. Olvidó dónde terminaba ella y dónde comenzaba él. Estaban demasiado cerca.

Giraban y giraban. Sentía como si estuvieran volando.

Ahí estaba esa poesía que nunca había escrito, en cada paso perfectamente ejecutado, llenando el ardiente espacio que apenas los separaba.

Y entonces la canción pasó a una melodía más navideña que romántica y Lily parpadeó como si se hubiera roto un hechizo. Rafael aminoró el paso y murmuró algo parecido a sus improperios en italiano.

–¿Qué pasa? –preguntó ella, que seguía sintiéndolo todo. La presión de su fino vestido contra su acalorada piel. La calidez del gran salón, de la ardiente mano de Rafael en su espalda flirteando con la parte superior de sus nalgas. Su fuerte muslo demasiado cerca de esa libertina y salvaje zona de su cuerpo que más lo deseaba.

¡Cuánto lo deseaba!

Rafael no respondió a su pregunta y a ella no le importó. Vio su mirada de aflicción y supo lo que le había sucedido durante el vals. Siempre pasaba lo mismo, hicieran lo que hicieran. Era justo lo que los había destruido tantas veces.

Parecía como si ese baile siguiera todavía dentro de ellos, insistente y elegante.

Él emitió un sonido más propio del lobo que llevaba dentro que del hombre gentil y civilizado al que jugaba ser esa noche, y Lily sintió sus pezones endurecerse contra el roce del vestido. Al momento, Rafael comenzó a moverse de nuevo, sin bailar, sino alejándose de la multitud. Llevándola consigo hasta un pasillo que salía del vestíbulo principal.

–No creo que esto esté abierto al público –dijo Lily mirando a su alrededor–. Creo que no deberíamos estar aquí. ¿Y tú?

–No me podría importar menos –murmuró, y añadió–: *Mi appartieni.*

«Me perteneces».

Y al instante, la llevó contra la pared y la besó.

Fue un momento de puro y exultante deseo mutuo. Era fuego. Era pasión. Estaba ardiendo. Se olvidó por completo de sí misma y se dejó llevar por él.

Rafael besaba del mismo modo que hacía todo lo demás: con devastadora habilidad. Tomó su boca y la saboreó una y otra vez mientras la sujetaba contra la pared y gemía, como si nada le bastara. Como si nunca le fuera a bastar.

Como si la palabra «suficiente» no existiera en sus idiomas.

Sostuvo su cara entre sus manos y ladeó la cabeza, llevando el beso a otro nivel de vertiginosas sensaciones. Lily notó que le fallaban las rodillas y todo su cuerpo comenzó a temblar mientras lo saboreaba y se sumergía en esos besos, cada vez más embriagadores y delirantes.

Debía de haber soñado con él miles de veces desde que se había marchado de aquella vida, de su lado, pero la realidad era mejor. Mucho mejor.

Rafael bajó las manos hasta la curva de sus pechos y, con un gemido, los acarició a través de la suave tela del vestido. Y, cuando los cubrió con las palmas y ejerció presión, fue ella quien gimió y echó la cabeza atrás para sentir con más intensidad esa deliciosa presión.

Él la seguía besando, como si se negara a perder su sabor ni por un instante. Ella ya no sabía quién tiraba del otro, quién se movía, quién tocaba. Formaban una salvaje maraña de sensaciones, de deseo y de esa eterna habilidad para volverse locos mutuamente, como un estallido que no cesaba. Que no tenía fin.

Sintió la necesidad de apartarse de esa diestra boca por un momento para respirar o, al menos, para intentarlo. El pasillo donde se encontraban seguía tan oscuro y desierto como antes, pero las luces y la música llegaban hasta allí. Un arco los alejaba de toda esa cantidad de gente que podría salir al pasillo en cualquier momento...

Como siempre había pasado. El deseo y el riesgo de ser descubiertos se entremezclaban y ocultaban donde solo ellos podían verlo, sentirlo y sucumbir.

Y entonces Lily se olvidó del pasado, se olvidó de la fiesta, de la gente y de todo el mundo porque Rafael coló las manos bajo el vestido y le colocó la pierna sobre su cadera mientras su boca parecía un fuego desatado contra su cuello.

Ella ya no pensaba. Ardía.

Le rodeó el cuello con los brazos y se aferró a él con la pierna. Se miraron y lo vio tensar la mandíbula mientras se desabrochaba los pantalones. Al instante, él le apartó con los dedos la ropa interior y la rozó con su miembro.

Ella tembló. Por todas partes. Tembló y recordó esa maravillosa sensación. Había olvidado cómo era, lo necesaria que era. Tan necesaria como respirar.

Pero mejor.

–Te lo dije. Un beso. No hace falta más.

Y entonces la penetró. Con fuerza y pasión.

Lily se desmoronó en mil pedazos ante el glorioso modo en que sus cuerpos encajaron. Cada movimiento de Rafael se volvía más salvaje y profundo y la envolvía en una intensa pasión.

Él bajó una mano para alzarle las nalgas y ella lo rodeó con las dos piernas por la cintura y se aferró a sus hombros mientras él seguía hundiéndose en su interior.

A Lily le encantó la sensación. La adoró. Fue como volver a casa cubierta de fuego. Era Rafael. Eran ellos.

Una vez más. Por fin.

Y, cuando echó la cabeza atrás y se mordió el labio inferior para contener un grito de placer, él pronunció su nombre entre gemidos contra su cuello y continuó.

Rafael no sabía cuánto tiempo estuvieron así.

Con la frente apoyada en la de ella intentaba recuperar el aliento y entendió que hacía tanto tiempo que no se sentía tan bien que había empezado a pensar que se lo había imaginado todo. Que se la había imaginado a ella y ese modo tan poético en que habían hecho el amor.

Estaba volviendo a excitarse dentro de su cuerpo; movió las caderas y comprobó que el deseo seguía ahí, como una profunda sed que no había podido aplacar en los últimos años. Solo quería sumergirse más en ella. En Lily.

–Bájame –le dijo ella con voz tensa.

Rafael se apartó y la ayudó a bajar al suelo. Contuvo una sonrisa de satisfacción cuando ella se tambaleó ligeramente y se agarró a la pared como si las rodillas no pudieran sostenerla.

Sin embargo, al ver su mirada atormentada, esa sonrisa se desvaneció.

–Lily... –comenzó a decir acariciándole la mejilla y nada sorprendido de que estuviera temblando incontrolablemente. Sentía pequeños terremotos sacudiéndola y sentía lo mismo dentro de él–. *Cara*, seguro que...

–¡No puedo volver a hacer esto! –le contestó con brusquedad.

Él se abrochó los pantalones mientras la miraba y la veía llevándose la mano al pecho como si le doliera.

–¡No puedo hacerlo!

–Lily –repitió Rafael, pero era como si no pudiera oírlo.

–¡Mira dónde estamos! –exclamó señalando el salón–. ¡Ya que estábamos, podríamos haber dado el espectáculo en mitad de la pista de baile! ¡Cualquiera nos podría haber visto!

–Nadie nos ha visto –respondió él con impaciencia.

–Eso no lo sabes. Esperas que haya sido así. Es algo tan infantil, inmaduro e irresponsable como lo era hace cinco años. Bueno, es peor, porque, ¿qué pasará con Arlo si nuestras aventuras sexuales salen a la luz esta vez?

Rafael comenzó a hablar para reconfortarla, pero se detuvo, paralizado.

–¿Qué has dicho? –le preguntó en inglés al darse cuenta de que antes lo había hecho en italiano.

–¡No lo puedo hacer! Sé exactamente adónde nos lleva esto. Yo, sola en una carretera, sin más opción que huir de mi vida. Eres como la heroína, yo soy poco más que una yonqui y todo entre nosotros es tóxico, Rafael. Siempre lo ha sido.

Y con eso se giró y se adentró entre la multitud sin darse cuenta de que seguía tambaleándose ligeramente. Mientras, él permaneció en el pasillo, aturdido. Impactado.

Lily se acordaba de todo. Lo sabía.

Una cosa había sido sospechar que lo recordaba todo, y otra muy distinta era que se lo hubiera confirmado.

La alcanzó en las escaleras del *palazzo*, junto al canal. Ella se giró bruscamente antes de que él pudiera agarrarla del brazo, como si lo hubiera oído llegar y hubiera sabido que se trataba de él solo por el sonido de sus pies contra la piedra. Se secó las lágrimas de las mejillas.

Rafael se dijo que no le importaba que llorara, que lo mínimo que podía hacer, después de lo que le había hecho, era soltar unas cuantas lágrimas.

Tardó un rato en ver que la humedad de su rostro no eran lágrimas, sino nieve. Caía a su alrededor, suave y en silencio, desapareciendo al tocar el agua del canal, el muelle a sus pies y el encantador puente iluminado en la distancia. Posiblemente era lo más bello del mundo exceptuando a esa traidora mentirosa que tenía delante.

–Me mentiste –por fin había admitido la verdad. Había admitido que lo había traicionado y él se sintió tan desesperado y hundido que no sabía qué podría llegar a hacer. Por primera vez en su vida, no se reconocía–. Me has mentido todo este tiempo. Te ocultaste de mí a propósito, alejaste a mi hijo de mí deliberadamente durante cinco años y después, cuando te encontré, me mentiste aún más.

Pero Lily no se acobardó con sus palabras. Se rio.

–Así somos nosotros y así hemos sido siempre.

Nos hacemos daño mutuamente. Una y otra vez. ¿Qué importa ahora?

–¡Fingiste tu muerte! –bramó él–. ¿En qué se puede parecer eso a algo que yo te haya hecho?

–No la fingí –respondió Lily con la respiración entrecortada.

Estaban allí de pie, como congelados en ese espantoso momento de la verdad, como si ninguno pudiera evitarlo ni escapar.

–Simplemente no di la cara cuando todo el mundo se temió lo peor. No es lo mismo.

Él no reconoció la dureza y la violencia del sentimiento que lo embargó en ese momento y retrocedió sabiendo que debía contenerse porque estaban en un lugar público. Tenía que controlar lo que estaba sintiendo antes de que lo consumiera del todo.

Silbó para llamar a su barca y su conductor apareció de entre las sombras tan rápido que no pudo evitar preguntarse cuánto de la conversación habría oído el hombre. Y como no podía hacer nada al respecto, sc limitó a agarrar a Lily del brazo.

Pensaba que el descaro de su traición podría haber aplacado su insaciable deseo por ella, pero sucedió justo lo contrario porque en cuanto la tocó, la deseó como si no la hubiera poseído hacía solo un momento. Era como si quisiera más a pesar de saber lo que le había hecho.

«Siempre has estado obsesionado con ella», se dijo. «¿Por qué iba a sorprenderte esto?».

–¡Aquí no! –le dijo a Lily con brusquedad–. Creo que ya hemos dado bastante el espectáculo.

Lily intentó soltarse y lo fulminó con la mirada cuando tiró de ella al bajar por la escalera en dirección al muelle.

–¿No pasa nada por haber mantenido relaciones sexuales casi públicas, pero parece que se acaba el mundo si alguien nos oye discutir? No pienso ir a ninguna parte contigo. ¡Tienes que estar loco!

–Estoy mucho más que loco, Lily –le respondió con un tono suave y letal y la vio abrir los ojos con gesto de sorpresa–. Te he llorado. Te he echado de menos. Mi vida ha sido poco más que un mausoleo erigido en tu memoria, y resulta que todo fue mentira. Una mentira que has contado durante años y que después, cuando te he encontrado, has seguido contándome deliberadamente a la cara.

Podía sentirla temblando bajo su mano y ver una tormenta formándose en su mirada. Había pasado cinco años soñando con su regreso, con verla volver sana y salva, pero no había pasado mucho tiempo preocupándose por las circunstancias en las que eso podría llegar a suceder y no estaba seguro de querer saberlo.

Tal vez había puertas que era mejor no abrir.

–Rafael... –comenzó a decir ella con una voz quebrada que podría ser su perdición.

–Si fuera tú, me subiría a la maldita barca.

Capítulo 7

EL TRAYECTO por el canal fue tenso y silencioso. La nieve caía a su alrededor como un regalo navideño que ninguno se merecía, amortiguando los sonidos de la vieja ciudad y transformándola, haciéndola mucho más serena.

Lily contemplaba la escena y le pareció que era como si el mundo se hubiera convertido literalmente en un globo de nieve.

Había quedado al descubierto esa noche, por fin, y ya no había vuelta atrás.

Mucho antes de lo que le hubiera gustado, él la había ayudado a bajar de la embarcación y juntos habían recorrido el embarcadero del *palazzo* con la furia de Rafael acompañándolos como si tuviera vida propia. La sujetaba de la mano con fuerza y en ningún momento se planteó desafiarlo.

Lo cierto era que por mucho que había intentado evitar el desafortunado momento de la verdad, en el fondo se sentía feliz. Y no por el hecho de haber sucumbido a esa destructiva pasión de nuevo, sino por el hecho de que ya no hubiera más mentiras.

Se dijo que era algo positivo, que había llegado el momento de ser sincera.

Rafael pasó por las numerosas habitaciones de la segunda planta, que normalmente alquilaban para eventos como exposiciones de arte más que para celebrar fiestas como esa a la que acababan de asistir, y subió las escaleras hasta las estancias privadas de la familia. En todo momento mantuvo posada la mano en la parte baja de su espalda, guiándola, y por la razón que fuera ella no se atrevió a desobedecerlo.

Llegaron hasta la amplia sala común central de la que salían todos los dormitorios que ocupaban la planta superior y desde los que se podía ver la nevada Venecia en todas las direcciones. Después él la dejó allí, entre los frescos que adornaban las paredes, los impresionantes cuadros y la elegancia del mobiliario. Un ejemplo excesivo de la riqueza de los Castelli, y de su poder, en una sola y cálida habitación. Lo vio acercarse al armario de madera tallada que hacía las funciones de mueble bar en una esquina y servirse algo de color oscuro. Se lo bebió de un trago, se rellenó el vaso, se giró y la miró.

Y fue entonces cuando Lily comprendió que se había quedado allí, donde él la había dejado, como si fuera una muñeca esperando a que volvieran a jugar con ella o como si estuviera esperando a ser juzgada. Como si se mereciera su censura. Sin embargo, desechó ese pensamiento de inmediato.

Rafael no era la víctima ahí, ni tampoco lo era ella. O tal vez lo eran ambos. Ambos eran víctimas de la misma pasión salvaje.

Y se dijo que el hecho de que siguiera allí de pie no tenía nada que ver con ese brillo de dolor que le había parecido ver en su mirada cuando la había seguido por la escalera del *palazzo* hasta el canal. El brillo que había visto era muy oscuro y atormentado, y sabía que era ella la que lo había puesto ahí. Sabía que era ella la que le había hecho eso, independientemente de quién fuera la víctima.

Lo había abandonado y del peor modo imaginable. Eso no se podía negar.

–¡Quítate la máscara! –le gritó–. Es hora de que nos enfrentemos después de tanto tiempo. ¿No crees?

Y lo cierto era que Lily había olvidado que llevara la máscara puesta.

Pero sí, había llegado el momento de la verdad, de la sinceridad, por brutal que fuera.

Se quitó la máscara y la dejó en el asiento más cercano mientras se decía que no había motivos para sentirse vulnerable sin ella porque lo cierto era que no la había protegido. Aún podía sentir cómo Rafael la había poseído, aún sentía esa palpitación entre las piernas, ardiente y salvaje.

A pesar de la máscara, la había tomado, y ella se lo había permitido. Incluso, lo había animado a hacerlo.

–Y ahora, explícate.

–Ya sabes lo que pasó.

–No –parecía más que enfadado, más que dolido–. Sé que moriste, supuestamente. Y sé que años después te encontré en una calle en un rincón de Estados Unidos. He conjeturado sobre lo que pudo haber pasado entre esos dos sucesos mientras estabas ocupada jugando a un cambio de identidad, pero no, no sé qué pasó. Y mucho menos sé por qué pasó.

Lily se había pasado cinco años intentando responder a esas mismas preguntas, pero otra cosa muy distinta era respondérselas a él. A Rafael, la razón que se ocultaba tras las terribles decisiones que había tomado. Tenía la garganta seca. Tragó saliva y se preparó para contar la historia que nunca había querido contar. Y que seguía sin querer contar.

–Tal vez sea mejor dejar las cosas como están –sugirió con apenas voz–. Por favor, recuerda que no quería que me encontrara nadie.

–Créeme, lo recuerdo –la voz de Rafael restalló como un látigo–. Te estás andando con rodeos.

–¿Por qué importa el porqué? –intentó sonar calmada–. El porqué solo empeorará las cosas.

–Me dejaste pensar que estabas muerta. Dejaste que todo el mundo pensara que estabas muerta. ¿Qué clase de persona les haría eso a quienes la quieren?

–¡Tú no me querías! –le contestó sin poder controlarse–. Estabas obsesionado. Eras adicto al secretismo, a la relación tan retorcida que teníamos, a ir escondiéndonos de un lado para otro y a la satisfacción que te producía toda esa pasión. Lo sé porque yo también estuve ahí. Pero... ¿amor? No.

–Ya has hecho bastante como para además darme lecciones sobre cómo me siento.

–Sé lo que sentías. Yo sentía lo que sentías.

–Está claro que no, porque de ser así no habrías lanzado tu coche por un acantilado y te habrías alejado de allí dejando que me imaginara tu horrible y dolorosa muerte para siempre. Tú no sentías lo que sentía yo, Lily. Hasta dudo que sintieras algo.

Eso le dolió, pero se mantuvo fuerte y lo aceptó. Esperó a que el dolor cesara en su corazón, a poder hablar sin que su quebrada voz la traicionara y delatara.

–Sentía demasiado. Demasiado como para soportarlo.

–Tendrás que perdonarme si eso no me convence. Tus actos hablan por sí solos, Lily.

–¿Y qué pasa con los tuyos?

–Te quería –no lo dijo en un tono fuerte y, aun así, Lily tuvo la sensación de que retumbó por las paredes e hizo que todo el *palazzo* se sacudiera sobre sus inestables cimientos–. Desde entonces no he vuelto a sentirme lleno.

–Creo que te has enamorado de un fantasma –le dijo ella con voz ligeramente temblorosa–. Has tenido cinco años para pensar en tu Lily. ¿Era virtuosa y pura? ¿La amabas tanto que ninguna mujer viva se le podía comparar? ¿Su pérdida fue un golpe del que no te has recuperado? Cuando hablas de ella suena como un dechado de virtudes, pero esa no soy yo, Rafael. Y tú tampoco eras tal como dices.

–Te quería –repitió él–. No puedes ignorar eso solo porque no te convenga.

–Recuerdo exactamente cómo me querías, Rafael. Recuerdo a todas las mujeres con las que te acostabas mientras decías que lo nuestro debía permanecer en secreto y que tenías que mantener tu tapadera. Te reías cuando eso me molestaba. Dime, ¿me querías tanto también cuando estabas dentro de ellas?

Y, por un momento, Lily no supo qué sería peor, si la posibilidad de que no le respondiera... o que lo hiciera.

–Si esto es lo que tú llamas «explicación», es terrible –dijo él antes de terminarse la copa–. No soy el mentiroso de esta habitación.

–Al contrario. Hay dos mentirosos en esta habitación. Tú tampoco eres como el hombre de la historia que te has estado contando, Rafael.

–¿Ahora está hablando la Lily de verdad o el fantasma que me he inventado? Porque me está costando seguir la conversación.

–Siempre hemos sido unos mentirosos, empezando por aquella primera noche en la que me quitaste la virginidad sobre un montón de abrigos en la habitación de invitados de la casa de campo de tu padre antes de volver a la fiesta y besar a tu novia como si no hubiera pasado nada –se rio al ver la expresión que puso él–. Lo siento, ¿en tu imaginación ese recuerdo lo habías pintado más bonito? ¿En tu imaginación todo eran vino y rosas y nada de engaños? Bueno, pues nosotros no éramos eso. Y no te confundas, yo soy tan mala como tú, porque sabía perfectamente bien que tenías novia y no intenté detenerte –vio cómo él parecía estar asimilando sus palabras, cómo le estaba calando hondo eso que le había dicho–. Éramos unas personas terribles –añadió.

–Debimos de serlo –respondió él acercándose y con una desolación en la voz que ella nunca le había oído–. Mira dónde estamos ahora.

–Tal vez deberías haber dejado que nos olvidáramos los dos.

Él sacudió la cabeza.

–Pero ese es el problema, ¿verdad? Que ninguno de los dos ha olvidado nada.

–Eso no significa que tengamos que regodearnos en el pasado.

–¿Es eso lo que crees que hacemos? –preguntó Rafael encogiéndose de hombros en un intento fallido de enmascarar la aflicción de su mirada–. Puede que sí. Pero no me voy a disculpar por haberte llorado, Lily. Ni por cómo me enfrenté a tu muerte. Te marchaste. Sabías lo que estabas haciendo. Yo no tuve elección.

–La tuviste antes de todo eso –le contestó ella dolida y furiosa–. Y optaste por los secretos, por las mentiras, y por otras mujeres.

–No te voy a negar que era un hombre egoísta, Lily. No puedo, y lo lamento cada día. Pero no teníamos ningún compromiso. Puede que no te haya tratado tan bien como debería, pero no te traicioné.

–Claro que no –ojalá pudiera odiarlo. Ojalá. Porque seguro que eso sería mejor. Más sencillo–. Ah, y por cierto, yo jamás te oculté a Arlo. Técnicamente. Si te hubiera visto, te lo habría contado.

Rafael dijo algo en italiano y enérgicamente la llevó contra su cuerpo. Después dejó de hablar y la besó.

Y esa vez no había ninguna fiesta cerca ni padres que se quedarían horrorizados por lo que estaban haciendo sus hijos. No había nadie que los fuera a interrumpir. Nadie que los fuera a oír.

Esa vez, Rafael se tomó su tiempo.

La besó como si lo suyo fuera realmente amor, como si ella hubiera estado equivocada. Su boca fue como una condena y una caricia al mismo tiempo, y Lily se perdió en esa sensación como siempre hacía.

Con despreocupación. Con deseo. Con desesperación y cntregándose a él por completo.

Como siempre.

Rafael se quitó el abrigo y lo dejó caer sobre la gruesa alfombra sin dejar de besarla. Hundió las manos en su pelo y le fue quitando las horquillas hasta que su melena cayó alrededor de ambos y los brillantes accesorios acabaron en el suelo. Y mientras, le acariciaba la lengua con cada vez más intensidad, como si en el mundo nada importara tanto como la delirante fricción de su boca contra la de ella.

Lily dibujó con los dedos las formas de su torso, incapaz de controlarse y tampoco segura de querer siquiera intentarlo. Coló los dedos entre los botones de la camisa, tiró, y agradecida vio la piel expuesta de su esculpido pecho. Al instante sucumbió al mismo viejo deseo y deslizó las manos sobre su suave y ardiente piel salpicada de un fino y oscuro vello. En todo momento fue consciente de su aroma, a jabón y a Rafael, de cómo su boca saboreaba la suya y de la verdad del intenso deseo que sentía por ese hombre al que no debería anhelar casi con dolor.

Apartó la boca y ambos se miraron jadeantes; parecía como si todas las mentiras que se habían contado y todo el mal que se habían hecho estuvieran cayendo sobre ellos como una densa bruma.

Le parecía más sencillo atacarlo con palabras envenenadas, intentar odiarlo, odiarse a sí misma, aleccionarse sobre la importancia de la abstinencia, llamarse «adicta». Por eso le resultó infinitamente complicado acercarse y besarlo en el pecho como ofreciéndole una disculpa que no se atrevía a pronunciar, que temía admitir.

Rafael suspiró, o tal vez gimió, y se despojó del resto de la camisa sin que ella se lo tuviera que pedir. Y entonces se quedó allí, desnudo de cintura para arriba, incluso más perfecto de lo que lo había visto todos esos años en su cabeza. Al verlo, no pudo ni interpretar su expresión ni definir lo que ella sintió en respuesta.

–Date la vuelta –le ordenó él con una mirada implacable y demasiado oscura y brillante–. No me hagas repetirlo.

Lily obedeció casi sin pretenderlo y se situó de espaldas a él.

–Rafael... –comenzó a decir, pero se detuvo y tomó aire bruscamente cuando él se le acercó y apoyó su impresionante torso contra su espalda, haciéndola sentirse mareada de deseo.

–Estas son tus opciones, Lily –le dijo contra ese punto tan sensible detrás de su oreja.

Se vio rodeada por él, rodeada de sexo, y ya no supo ni qué sentir, ni quién era ni qué hacía. Pero tampoco se veía capaz de parar.

–Puedes marcharte ahora mismo, irte a dormir y soñar con todas las formas en que nos hemos hecho daño para poder seguir destrozándonos por la mañana. No te culparé si lo haces.

Ella sentía que no podía respirar, aunque en realidad estaba jadeando de placer.

–¿O...? –preguntó con una voz que no reconoció como la suya propia.

–O puedes inclinarte sobre este sofá y agarrarte con fuerza.

Rafael se esperó que saliera corriendo, y era posible que una parte de él en el fondo deseara que fuera así. Se dijo que se lo permitiría, que no tenía elección.

–¿Y... y qué pasará si lo hago?

Triunfante, él sonrió.

Deslizó la mano por su cuerpo sabiendo que su sedoso calor y el tatuaje lo esperaban bajo el vestido y que, independientemente de lo sucedido, de cómo se habían mentido, nada podía cambiar que era suya.

–Inclínate, Lily –le ordenó, y disfrutó al sentir la temblorosa reacción que ella intentó contener–. Ahora.

Capítulo 8

LILY se giró para mirarlo mientras él contenía el aliento al verla vacilar.

Qué ojos tan azules, tanto como el insondable cielo de California. Había pensado que jamás los volvería a ver, que no volvería a ver ese maravilloso color, y había tenido que contentarse con el recuerdo. Había tenido que conformarse con azules menos azules, con colores menos maravillosos.

Pero ya no volvería a tener que conformarse con menos.

Había miles de cosas que quería decirle, aunque ninguna de ellas importaba cuando todas se reducían a lo mismo: era suya, independientemente de la distancia y del tiempo, del dolor, de las mentiras.

Era suya.

La vio respirar, la vio decidirse y cómo su determinación destelló en sus preciosos ojos. La vio alzar la barbilla con decisión y eso lo hizo tensarse de excitación.

Ella se giró de nuevo, se inclinó hacia delante y se sujetó al respaldo del sofá tal como él le había dicho.

En ese momento, la lujuria, el deseo y una sensación de auténtico triunfo se apoderaron de Rafael. La deseaba tanto que se imaginaba que, si la tocaba, estallaría. Y ya que eso no le haría ningún bien, decidió hacerla esperar.

Volvió al mueble bar y se sirvió otra copa, tomándose su tiempo y observándola fijamente.

–No te muevas –le ordenó con un tono más sedoso que brusco al verla moverse como si quisiera ponerse derecha–. Ahora te toca a ti esperar, Lily. Yo he esperado cinco años sin la esperanza de que volvieras. Tú hasta ahora solo llevas esperando cinco segundos y sabes perfectamente dónde estoy. Podrás sufrir un poco más, ¿no crees?

–No sabía que te fuera la tortura –le respondió ella con tono desafiante ladeando la cabeza. Su melena cayó sobre su hombro formando una cascada rubia rojiza–. ¿Es una nueva afición?

–Ni te imaginas.

–Podrías besarme como una persona normal –dijo con tono ligero, como si no estuviera allí inclinada, en una postura tan provocativa y esperando a su placer–. ¿O eso es demasiado corriente para un heredero Castelli en un *palazzo* veneciano?

–Ogni volta che ti bacio dimentico dove sono –«cada vez que te beso olvido dónde estoy», respondió él sin pretenderlo.

Pero lo cierto era que no deseaba a esa mujer sin más. La admiraba. Adoraba su afilada lengua tanto como deseaba sentirla ardiendo contra su piel. Nunca había llegado a asimilar su pérdida y eso lo había convertido en un hombre completamente distinto, pero en esos momentos no sabía cómo podía recomponer todas esas piezas para volver a ser quien era. Si es que eso era posible.

Soltó el vaso, del que no había llegado a beber, y volvió hacia ella contemplando la imagen que recreaba allí inclinada, esperando, con el vestido del color del mar cubriendo su exquisito cuerpo como si fuera una criatura mitológica, demasiado perfecta para ser real.

Pero Lily estaba realmente allí. Vivía, no había muerto en aquel accidente. No era un sueño por muchas veces que hubiera soñado justo eso. Rafael podía definirlo, y definirla a ella, como un milagro, y se dijo que ya se encargaría más tarde de los detalles que lo habían hecho posible.

Mucho más tarde.

Se inclinó sobre ella y posó las manos junto a las suyas. Y, cuando se acercó para besarle la nuca, ambos gimieron.

Resultaba tan cálida y su perfume era tan delicado... Podía oler ese particular aroma que era solo suyo, una sutil mezcla de su piel y su sexo bajo capas de productos de aseo, cosméticos y un aroma a limpio que lo hacía pensar en la nieve.

Y la piel bajo sus labios resultaba suave, ¡muy suave!

–*La tua pelle e' come seta* –murmuró contra la sensible piel de su nuca aun sabiendo que ella no podía entenderlo y disfrutando de eso, en realidad. «Tu piel es como la seda».

–¿Por qué no me puedo dar la vuelta? –preguntó Lily con una voz que fue poco más que un suspiro.

Él sonrió contra su piel.

–Porque así solo puede haber sinceridad entre los dos. Ni palabras duras ni mentiras ni recuerdos inventados. Puedes responderme o no.

–No parece preocuparte que no lo haga.

La acarició rozándola suavemente con los dientes y en respuesta oyó un pequeño gemido que fue como música para sus oídos, tal como siempre había sido.

–No, no me preocupa –le respondió inclinándose más sobre ella antes de besarle el cuello y sus delicados hombros dejando tras de sí una estela de fuego. Exploraba una parte de su espalda con la boca y la otra con las manos y devoraba cada pequeño y dulce sonido que ella emitía y que resultaba mucho más embriagador que cualquier whisky.

Y solo cuando había repasado cada centímetro de la parte superior de su espalda, se apartó. Ella estaba temblando otra vez y tenía la cabeza agachada mientras respiraba entrecortadamente.

–Puede que quieras prepararte, *cara* –le dijo sin molestarse en ocultar la masculina satisfacción de su voz–. Esto solo es el principio.

Captó un sonido entrecortado y tardó un momento en darse cuenta de que había sido una carcajada, pequeña e infinitamente sensual, que lo envolvió, le penetró los huesos y lo inundó como un pequeño tsunami.

–Promesas, promesas –respondió ella como para provocarlo.

Era letal, y Rafael haría bien en recordarlo.

Alargó la mano y encontró la cremallera oculta del vestido, la bajó y comenzó a deslizar la prenda hasta dejar expuesta la larga línea de su columna vertebral y su suave piel. Se le hizo la boca agua cuando el vestido se desprendió de sus sugerentes curvas para caer a sus pies y Lily quedó rodeada por metros y metros de un tejido tan suave al tacto que lo único que podría superarlo era ella misma.

Era como un delicioso banquete expuesto ante él. Su propio milagro. Contempló las ondas de su cabello, la elegancia de su maravillosa espalda y la tira de tela roja que había apartado a un lado en la fiesta y que le rodeaba las caderas y desaparecía entre las altas curvas de sus nalgas. Después se tomó su tiempo para deleitarse en ese tatuaje que había creído que jamás volvería a ver, un tatuaje que la identificaba como «su Lily» para siempre.

La acarició desde la parte alta del tanga hasta la que habría sido la línea del sujetador, si hubiera llevado uno. Después deslizó los dedos sobre el delicado lirio que algún extraño le había dibujado en la piel de un modo tan encantador, con sus pétalos arqueados.

–Rafael..., por favor.

Él sonrió al sentir tanto deseo en su voz.

–¿Por favor qué? Si apenas he empezado. Y creo que este tatuaje es otra mentira más que has contado.

Ella sacudió la cabeza y se incorporó un poco a pesar de seguir manteniendo la posición, de quedarse donde él la había colocado. En ese momento, Rafael no supo qué le hizo desearla más, si su obediencia o su deseo. Ambos, claramente.

–Un tatuaje es lo contrario de una mentira –respondió ella aún con la voz entrecortada–. Es tinta grabada en la piel y eso es inalterable.

–Pero, si lo odiaras tanto como decías –murmuró él al inclinarse un poco más y posar la boca en el centro de esa preciosa flor–, ya te lo habrías borrado.

La oyó estremecerse con un sonido que casi se aproximó a un sollozo y siguió saboreando esa delicada flor mientras sus manos se abrían paso sobre sus caderas y las dulces curvas de sus nalgas. Y solo cuando la notó temblar, bajó la mano hasta ese punto que estaba ardiendo y preparado para él.

Se conocía su cuerpo mejor que el suyo. Conocía su sabor, su forma. Sabía exactamente cómo tocarla para volverla loca muy lentamente. Y si hacerle eso lo mataba a él también... bueno, últimamente las resurrecciones estaban a la orden del día.

Hundió la mano en su calor, trazando la forma de sus pliegues y el centro de su deseo.

–Dime algo –le dijo con un tono oscuro y revisitando la perfecta curva de su espalda con su tentadora forma–. ¿Cuántos hombres ha tenido Alison en estos cinco años?

Pudo sentirla tensarse ante la pregunta, pero daba igual qué le dijera él o qué mentiras contara ella. Daba igual lo furiosa que estuviera con él o lo que hubiera hecho. Lo que él hubiera hecho con todas aquellas mujeres o cuánto lo lamentara. Podía sentirla, ardiendo y dulce, tensándose alrededor de los dos dedos que la acariciaban a pesar de todo.

Esa era la única verdad. Ese calor. Ese deseo. Así eran ellos.

–Eres un hipócrita –respondió ella entre jadeos, sonando tan desesperada como furiosa, y moviendo las caderas con desenfreno–, que lo sepas.

–Nunca he dicho lo contrario –respondió él con tono áspero–. Y menos a ti. Pero eso no responde a mi pregunta, ¿verdad?

–¿Qué importa? –preguntó ella antes de dejar escapar un pequeño gemido cuando él cambió el ángulo y hundió los dedos más aún en ella. Con más fuerza.

–¿Cuántos?

La sintió estremecerse bajo él y dejó de fingir que no se convertía en un animal desatado por el deseo cada vez que estaba con esa mujer. Cinco años pensando que estaba muerta no habían cambiado eso. Nada podía hacerlo.

–Dímelo.

–¡Ninguno, Rafael! –gritó ella justo cuando él presionó el centro de su deseo con una mano y lo acarició profundamente con la otra–. No ha habido nadie más que tú.

«Y nunca lo habrá», pensó él sintiendo algo poderoso en su interior que intentaba abrirse camino a través de sus costillas.

–Pues por eso, te llevas una recompensa –respondió posando la boca contra su oreja y regocijándose con el modo en que ella se revolvía y sacudía bajo él. A continuación giró la mano y le rozó ese ardiente punto justo hasta que ella se desarmó de placer.

Y eso solo fue el principio.

Lily apenas se percató cuando él la levantó del suelo apartándola del vestido que en ese momento estaba arrugado sobre el suelo. Pero sí que sintió el cambio de temperatura cuando Rafael cruzó la puertas del gran salón y salió al vestíbulo sujetándola contra su torso desnudo.

Debería haber sentido frío por el hecho de llevar encima únicamente un tanga, pero en lugar de eso se sintió protegida. Como siempre se había sentido junto a ese hombre, que era precisamente la última persona junto a la que alguien se podría sentir seguro.

Se limitó a rodearle el cuello con los brazos y no hacerse preguntas.

Rafael cruzó otro par de puertas hasta llegar a un majestuoso dormitorio situado sobre el Gran Canal. Vio las resplandecientes luces de las viejas edificaciones y la nieve que caía por todas partes, y entonces el mundo se redujo a la cama con dosel que dominaba la elegante habitación. Unos cuadros enmarcados en oro adornaban las solemnes paredes rojas, había un fuego encendido en la impresionante chimenea y Rafael estaba allí, en el centro de todo.

La dejó a un lado de la gran cama. A ella le caía la melena alrededor del cuerpo y ya estaba desnuda mientras que él aún llevaba la parte inferior de su traje oscuro.

–Me recuerdas –dijo Rafael después de lo que le pareció una eternidad.

Podría haber sonado a acusación, pero no fue así. Él alargó la mano y ella posó su palma sobre ella.

–Sí –respondió Lily con tono suave–. Te recuerdo. Recuerdo esto.

Era más sencillo recordar el sexo y las mentiras, las traiciones y las peleas. Pero eso no había sido todo lo que había habido entre los dos. Lo cierto era que a Lily no le gustaba recordar la otra parte porque aún le dolía demasiado.

Pero eso en aquel momento no parecía importar, en un dormitorio que parecía sacado de un cuento de hadas, en esa mágica ciudad, mientras la nieve seguía cayendo, el fuego danzaba y él estaba allí mismo frente a ella y mucho más bello de lo que se había permitido recordar.

Aquella Nochevieja tenía diecinueve años. Lo había provocado, él la había tomado y después habían vuelto a sus vidas y habían fingido que no había pasado nada. Él había jugado a ser un novio atento para todas las novias tontas que había tenido y ella había fingido despreciar tanto a los Castelli como siempre.

Después habían pasado aquellas Navidades y había llegado el momento de volver a Berkeley y seguir con su segundo año de universidad. Mientras se dirigía al coche con su equipaje, Rafael la había detenido en el gran vestíbulo de la mansión. Su novia estaba en la habitación contigua riéndose a carcajadas con el resto de la familia. Podrían haberlos descubierto en cualquier momento.

Rafael no había dicho nada, apenas la había mirado desde Nochevieja, pero le había tendido la mano como en ese momento y ella la había aceptado. Lily había sentido ganas de llorar, pero se habían quedado así, agarrados de la mano, durante lo que le pareció una eternidad.

Ahora, tantos años después, lo entendía mejor. Aquello había sido su conexión en su forma menos destructiva, y aún seguía ahí, uniéndolos y haciendo que todo lo demás que sucediera entre ambos resultara insignificante.

–Creía que te había perdido –le dijo él en voz baja–. Creí que te habías ido para siempre.

En ese momento la brutalidad del acto que había cometido la sacudió con fuerza. Entendía que le hubiera hecho daño, sí. Había hecho daño a mucha gente. Se había dicho a sí misma que había llegado a aceptarlo y que valía la pena haberlo hecho por el bien de Arlo. Pero nunca se había parado a pensar en eso, en la calidez de su piel contra la suya. En esa conexión que desafiaba todo pensamiento, toda razón. ¿Qué habría hecho ella si hubiera creído que él había muerto? ¿Cómo habría podido vivir con eso?

No podía hablar y tampoco lo intentó. En vez de eso, se inclinó hacia delante y lo besó en el centro del pecho. Sintió su respiración acelerarse, pero no se detuvo. Lo tendió contra la cama, consciente de que él se dejó empujar, de que no habría podido mover su poderoso cuerpo si Rafael no se lo hubiera permitido.

Seguía sin poder hablar, pero eso no significaba que no pudiera disculparse a su modo.

Convirtió todo su pesar y arrepentimiento en calor y lo volcó sobre él. Rafael se tendió con la cabeza apoyada en las manos y ella besó la fuerte columna de su cuello y la masculina perfección de su torso. Su melena caía de un lado a otro mientras se deslizaba sobre él, saboreándolo, cubriéndolo como la luz del sol hasta que le desabrochó los pantalones, se los bajó y se los quitó.

Entonces se detuvo y lo miró antes de rodear su terso miembro con las manos. Él tenía la mirada y los gloriosos ángulos de su cara marcados por el deseo cuando ella se agachó y lo tomó en la boca.

Rafael gimió. O tal vez pronunció su nombre.

Lily se situó entre sus piernas, deleitándose en él. Su miembro sabía a sal y a masculinidad. Era como acero cubierto de satén, y Rafael temblaba ligeramente cuanto más jugaba con él y más hondo lo tomaba.

Él hundió las manos en su pelo y la sujetó ahí mientras lo provocaba con la lengua y volvía a tomarlo profundamente de nuevo. Murmuró algo en italiano que ella supo que eran palabras de sexo y deseo.

–Basta –dijo de pronto apartándola para tenderla en la cama.

Por un momento, Lily pensó que él tomaría el control directamente, pero la sentó sobre él a la vez que se situaba entre sus resbaladizos pliegues.

Su mirada era de fuego, o tal vez el fuego estaba dentro de ella. Tal vez todo era fuego.

Lily coló la mano entre sus dos cuerpos y rodeó su miembro para a continuación hundirlo dentro de ella.

«Desnudos», pensó, como si la palabra fuera un conjuro.

Ambos estaban desnudos. No estaban ni en un guardarropa, ni en un rincón apartado de un salón de baile, ni en ningún otro lugar semipúblico como todas las otras veces. No estaban escondidos en una habitación de hotel mientras habían dicho estar en otro sitio. Nadie los estaba buscando y, aunque así fuera, no importaría que los encontraran.

Ahí estaban ellos dos, simplemente, piel con piel, por fin.

Y entonces Lily comenzó a moverse. Rafael estaba bajo ella, con las manos sobre sus caderas y la mirada clavada en sus ojos.

«Perfecto», pensó ella. «Siempre ha sido perfecto».

Y con ese pensamiento los condujo a los dos hasta un abismo de puro éxtasis.

Capítulo 9

AL DESPERTAR, Lily se vio sola en la gran cama sobre una maraña de sábanas y cubierta por el dosel de la cama.

Por un momento no pudo recordar dónde estaba, pero al instante todas las imágenes de lo sucedido el día y la noche anteriores la invadieron.

Se incorporó lentamente, salió de la cama y se cubrió con la colcha. El fuego casi se había consumido y la fina luz del amanecer hacía que el aire pareciera azul. Fuera, la nieve de la noche anterior cubría todas las barcas del canal y los tejados de los *palazzos* convirtiendo esas vistas en una postal navideña particularmente veneciana.

Al posar la mano contra el cristal, tal como había hecho contra la mano de Rafael la noche anterior, sintió un intenso dolor en el corazón y entendió demasiadas cosas de golpe.

Estaba enamorada de él, por supuesto que lo estaba. Siempre lo había estado y resultaba algo tan espantoso ahora como cuando había tenido diecinueve años.

Porque nada había cambiado.

Seguían siendo los mismos a pesar de los cinco años que habían pasado, y a pesar de Arlo. Y ni todo el sexo del mundo, por muy genial que fuera, podía cambiar ni lo que había hecho, ni quién era Rafael, ni ninguna de las muchas, muchas, razones por las que lo suyo jamás funcionaría.

En el fondo él se parecía a su padre, que se casaba y se volvía a casar con cualquier pretexto y siempre creía estar profundamente enamorado sin sentir la necesidad de tener que demostrarlo nunca durante demasiado tiempo. Y ella se parecía demasiado a su madre, que se había perdido en las cosas que amaba, ya fuera su medicación o los hombres, hasta que todo eso había terminado matándola. De un modo tan egoísta. Tan destructivo.

Fugarse del modo en que lo había hecho tal vez no había sido la elección más madura, ni tampoco la mejor, y lo entendía. El dolor que había provocado era incalculable y una noche en Venecia no podía cambiarlo. Tal vez nada lo podía cambiar.

Ella no era ni menos egoísta ni menos destructiva que su madre, pero al menos era consciente de ello y asumía la verdad de su actitud, por muy desagradable que fuera. Como sucedía con todo lo demás, no había otro remedio que vivir con ello. Del modo que fuera.

Bajó la mano del cristal y de pronto sintió hambre. No podía recordar cuándo había sido la última vez que había comido. Salió del dormitorio y se dirigió al salón pensando que en semejante palacio tendría que haber algo para comer en alguna parte.

Se detuvo en seco al entrar allí. El fuego estaba encendido y había una impresionante variedad de platos de desayuno sobre la mesa, tal como se había esperado. Pero lo que más llamó su atención fue que Rafael estaba allí, junto a las ventanas, mirando lo que suponía que serían las mismas vistas que había estado contemplando ella. Así eran ellos. Separados para siempre, para siempre alejados en la búsqueda de lo mismo. En ese momento una oleada de melancolía amenazó con elevarla del suelo, sorprendiéndola por su intensidad.

Parpadeó para contener las lágrimas.

–Qué bonito está todo ahí fuera –dijo sintiendo frío de pronto a pesar del calor que desprendía el fuego.

Tal vez esa sensación tuvo que ver con el hecho de ver a Rafael ahí de pie, tan lejano, como si no estuviera allí.

–Mi madre estaba loca –dijo él sin girarse. Estaba ataviado únicamente con unos pantalones, pero parecía inmune al frío del otro lado de la ventana–. Sé que no es el mejor término para expresarlo. Hubo muchos diagnósticos, muchas suposiciones, pero al final lo que le pasaba era que estaba loca, por mucho que intentaran darle una imagen más aséptica al problema.

No era un dato nuevo para Lily, ya que en su momento solo le había hecho falta una conexión a Internet para encontrar los pocos artículos existentes sobre el primer matrimonio condenado al fracaso de Gianni Castelli. Con dieciséis años había leído todo lo que había podido sobre el nuevo prometido de su madre, pero no podía recordar haber oído nunca a Rafael hablar de su familia. Nunca. Que hubiera elegido hacerlo en ese momento hizo que le palpitara el corazón con fuerza.

–Esa era la excusa que siempre se oía antes de que se la llevaran –dijo al cabo de un instante, cuando Lily no respondió–. Que estaba enferma. Que no estaba bien, que no era responsable de sus actos –en ese momento se giró hacia ella–. Pero resulta que no te sirve de excusa cuando es de tu madre de quien están hablando.

–¿Qué hizo? –preguntó Lily sin saber cómo se había atrevido a hablar.

–Nada –respondió Rafael en voz baja–. No hizo absolutamente nada.

–No sé qué significa eso.

–Significa que no hizo nada, Lily. Cuando nos caíamos, cuando corríamos hacia ella, cuando intentábamos llamar su atención, cuando la ignorábamos. Siempre era lo mismo. Actuaba como si estuviera sola. Y tal vez en su mente lo estuviera.

–Lo siento –Lily no sabía por qué le estaba contando esa historia–. No debió de ser fácil.

–Al final acabaron llevándosela a un sanatorio de Suiza. Al principio íbamos a visitarla. Creo que mi padre debió de pensar que podrían ayudarla y curarla. A él siempre le ha gustado recomponer cosas rotas, pero a mi madre no la podían curar, por muchos medicamentos o terapias que probaran. Al final todos se dieron por vencidos –metió las manos en los bolsillos–. Mi padre se divorció de ella diciendo que era lo mejor para todo el mundo, aunque parecía que simplemente era lo mejor para él. En el sanatorio empezaron a hablar más de su comodidad y seguridad que de sus avances y recuperación, y nos dijeron que era mejor que nos mantuviéramos alejados.

Lily no sabía qué debía decir. Quería decir que quería ayudarlo, pero no podía.

–Lo siento mucho.

–Tenía trece años la última vez que la vi. Había tomado un tren desde mi internado y me sentía como un joven con una misión. Hacía tiempo que pensaba que mi padre era el culpable de su declive y que, si la podía ver sola, podría saber la verdad. Quería rescatarla.

–Rafael, no tienes por qué contarme nada de esto.

–En el sanatorio no me dejaron verla, solo podía

observarla desde lejos. Mis recuerdos de ella eran de sus momentos de crisis, de sus lágrimas. De cómo se quedaba en blanco y ausente en mitad de habitaciones abarrotadas. Y, aun así, la mujer que yo veía, sola en su pequeña habitación, parecía sentirse en paz –se rio, fue un sonido vacío–. Estaba feliz allí, encerrada en aquel lugar. Mucho más feliz de lo que había estado nunca fuera.

–¿Qué hiciste?

–¿Qué podía hacer? Tenía trece años y ella no necesitaba que la rescataran. La dejé allí. Tres años después, murió. Dicen que accidentalmente se tomó una sobredosis de pastillas que no debería haber tenido acumuladas. Dudo mucho que fuera un accidente. Pero para aquel entonces yo ya había descubierto a las mujeres.

–No entiendo por qué estás compartiendo todo esto conmigo.

–No tenía intención de convertirme en mi padre. No tenía ningún interés en convertirme en una especie de mecánico de relaciones, siempre buscando un alma rota que curar o reparar. Me gustaba divertirme, me gustaba el sexo. Solo quería pasármelo bien, y, cuando las cosas se complicaban, como era inevitable, me marchaba. Nunca quise sentir esa necesidad tan apremiante de ir a rescatar a nadie, ya no. No quería ni complicaciones ni problemas. Pero entonces apareciste tú.

–No deberías haberme besado.

–No –murmuró él–. No debería haberte tocado. No tenía ni idea de lo que estaba desatando al hacerlo. Y odiaba hacerlo. Te odiaba a ti.

–Me odiabas –repitió ella como si decirlo en alto le fuera a hacer menos daño.

–Pensé que, si podía fingir que no había sucedido, desaparecería. Pero siguió sucediendo. Creía que, si podía contenerlo, controlarlo, reducirlo o debilitarlo, lo podría superar. Que podría mantenerlo oculto y acabar con ello antes de que acabara devorándome.

–No te he pedido que me cuentes nada de esto. Me gustaría que pararas –dijo ella, sintiéndose mareada.

–Pero entonces caíste por un acantilado al que no deberías haberte acercado, en un coche que no deberías haber estado conduciendo, y por ir demasiado deprisa. Supe perfectamente que, si te habías sentido dolida, a juzgar por el modo en que dicen que debías de ir conduciendo, era por mi culpa. Dijeron que fue un accidente, que habías perdido el control y habías derrapado, pero yo me pregunté si de verdad lo fue. O si yo había hecho tu vida tan miserable que tu única opción para ser feliz era escapar de mí del único modo que podías. Al igual que hizo mi madre.

–Rafael... –le dijo Lily. Estaba temblando.

–Pero aquí estás.

Deseaba que él hiciera algo más que quedarse allí de pie como una criatura de piedra rompiéndole el corazón con cada palabra que decía.

–Y sigues dejándome sin aliento cada vez que entras en una habitación. Y hace tiempo que entendí que nunca sentí odio por ti, pero que era demasiado inmaduro y tenía demasiado miedo para entender la magnitud de mis sentimientos. Y tienes a mi hijo, ese hijo perfecto y precioso al que no quería hasta que lo conocí –sacudió la cabeza como si la realidad de tener a Arlo aún lo abrumara–. Y no te odio, Lily. Te deseo como nunca he deseado a ninguna mujer y no me puedo imaginar que eso pueda cambiar si no lo ha hecho ya. Pero tienes razón. No te quiero. Si hay algo que pueda amar, si soy capaz de albergar ese sentimiento, te diré que lo que amo es ese fantasma.

A Lily le sorprendió que siguiera de una pieza después de oír aquello. Le extrañó que la casa no se hubiera hundido en el agua que los rodeaba y que aún asomara el sol al otro lado de la ventana en ese frío y horrible día.

Pero Rafael aún no había terminado.

–Siempre amaré a ese fantasma. Está en mi cabeza, en mi corazón, tan egoísta y tan despreciable como yo. Pero es la mujer de carne y hueso a la que no puedo perdonar, Lily. Si te soy sincero, no sé si eso podrá llegar a pasar –en ese momento la sonrisa que esbozó fue como una cuchilla, letal y triste–. Pero no te preocupes. Dudo que tampoco me pueda perdonar a mí mismo.

Rafael la vio asimilar esas palabras, vio un caleidoscopio de emociones en su rostro y se dijo que no era mentira. No del todo. Pero lo cierto era que detrás de todo eso había una verdad aún mayor que no tenía intención de compartir con ella.

Porque no podía confiar en ella, por mucho que se sintiera tentado a hacerlo. La conocía mejor que nadie y, al mismo tiempo, no la conocía en absoluto.

La noche anterior había sucumbido a sus vulnerabilidades, pero no lo volvería a hacer. En esos momentos tenía que pensar en Arlo.

Y bajo ningún concepto arruinaría la vida de su hijo como sus padres habían arruinado la suya apostando por los sentimientos en lugar de apostar por la razón, la sensatez y la fortaleza, que eran el único modo de lograr algo en la vida. Había pasado los últimos cinco años demostrando justamente eso en sus asuntos de negocios. En esos momentos no podía hacer menos por su único hijo.

No viviría su vida para el fantasma al que no había salvado. No podía.

–Vamos a tener que decidir qué historia queremos contar –dijo fríamente cuando pareció que Lily había controlado su reacción. Estaba envuelta en esa colcha dorada, con la melena formando un maravilloso halo rubio cobrizo a su alrededor y cayéndole por los hombros, mientras él se sentía como un santo por mantener las distancias cuando eso era lo último que quería hacer. Pero era necesario. No importaba que sus ojos azules parecieran teñidos de sufrimiento y que a él le doliera saber que era el culpable. Otra vez–. Sea cual sea la versión, no tengo intención de ocultar el hecho de que soy el padre de Arlo. No se lo quiero ocultar ni al mundo ni a él. Eso lo tienes que asumir.

–¿Qué quieres decir? –le preguntó ella aturdida–. Estoy en Italia, ¿no? Si no lo hubiera asumido, me imagino que ya estaría de vuelta en Virginia.

–Estás en Italia, sí. Oculta en una casa en las montañas donde nadie os ha visto exceptuando a un puñado de aldeanos que jamás cuestionaría a la familia. Y después has aparecido en público cubierta con una máscara para que nadie te reconozca. Me temo que no podrás seguir así mucho más tiempo.

Lily se acercó a la mesa y se sirvió una taza de café.

–¿Y qué historia crees que deberíamos contar, Rafael? ¿La misma con la que me acabas de atacar?

Él admitió la verdad de esas palabras encogiéndose de hombros.

–No puedes esperar levantarte de entre los muertos y pasar desapercibida, ¿verdad?

–No entiendo por qué no –respondió ella antes de dar un sorbo de café–. No es asunto de nadie.

–Tal vez no, pero la atención de los medios de comunicación será inevitable –sonó algo impaciente al responder, pero la colcha se estaba deslizando por el brazo de Lily y estaba a punto de dejar expuestos sus rosados pechos. Necesitaba centrarse–. Moriste de un modo trágico y siendo muy joven. Que ahora estés viva, que te encuentres bien y que seas la madre del heredero de la fortuna de los Castelli hará la historia mucho más irresistible.

Ella se había vuelto a convertir en esa desconocida fría e inalcanzable, o tal vez también había crecido y madurado en esos años y se había vuelto menos emocional o menos propensa a mostrar todos sus pensamientos en su rostro.

–Parece como si supieras qué van a decir. ¿Por qué no podemos dejar que lo digan?

–Aquí la verdadera historia no es tu inesperada resurrección, por muy emocionante que pueda ser, sino lo que sucedió hace cinco años.

–Y yo que creía que el hecho de levantarme de entre los muertos sería suficiente –respondió Lily con frialdad–. Los medios de comunicación son insaciables.

–Depende de la historia. ¿Te has ocultado deliberadamente todos estos años o de verdad te diste un golpe en la cabeza y olvidaste quién eras? La primera opción sin duda dará lugar a toda clase de preguntas desagradables sobre por qué tuviste la necesidad de hacer algo así y quién fue el responsable. La segunda, por el contrario, resulta una historia interesante que no solo captará la atención del público por un tiempo, sino que al final acabará desvaneciéndose.

–Entonces, aquí no estamos hablando de la verdad,

a pesar de las muchas veces que me has llamado mentirosa estas dos últimas semanas. Estamos hablando de manipular a los medios para tus propios fines.

–No, Lily –le respondió con dureza–. Estamos hablando de Arlo.

–¿Qué tiene esto que ver con Arlo? –preguntó ella impactada.

–Llegará un día en que podrá leer todo lo que hayan escrito, eso contando con que ningún niño le cuente toda la historia en un parque, por ejemplo, porque eso es lo que suelen hacer los niños. Será una historia a la que todo el mundo tendrá acceso y, si la va a oír, preferiría que no fuera la historia de su madre haciéndose pasar por muerta y escondiéndose durante media década porque detestaba a su padre. Enterarse de eso no le haría ningún bien.

Algo se iluminó en su mirada azul.

–No voy a mentirle. No me puedo creer que se te haya pasado por la cabeza que pueda hacerlo.

–Por favor, ahórrame la moralina. Ya le has mentido. Has mentido a todo el mundo que conoces tanto de antes como de después del accidente. Al menos esta vez la mentira sería por su bien.

–Estás dando por hecho muchas cosas. Apenas lo conoces y una noche conmigo después de cinco años no te da derecho a tomar ninguna decisión sobre qué es lo mejor para él.

–No estoy dando por hecho nada. Arlo es mi hijo. Me lo ocultaste deliberadamente y solo por eso cualquier tribunal me concedería la custodia, a menos que no supieras lo que hacías hasta que te encontré, lo cual sugiere una lesión cerebral que no te capacita precisamente como madre del año. Si yo fuera tú, me lo pensaría detenidamente. No quiero derribarte y hundirte del modo que sea necesario, pero, si tengo que hacerlo, lo haré.

–¿A eso vino lo de anoche? ¿Querías debilitarme para poder hundirme hoy? ¿Acaso es fruto de mi imaginación que lo que acabas de decirme suena a amenaza?

–No te he amenazado. Simplemente estoy señalando la realidad de la situación en la que nos encontramos.

–Un hombre medio desnudo en un *palazzo* veneciano perteneciente a su familia desde hace siglos no debería creerse conocedor de lo que es la realidad. Hace que parezcas idiota. Entiendo que te sientas dolido, Rafael, que el sexo lo haya empeorado todo.

–No sabes cuánto. Te deseo, Lily. No lo puedo negar. Pero eso no cambia lo que nos hemos hecho, cómo nos comportamos y qué consecuencias ha tenido.

–Y tampoco cambia nada utilizar a mi hijo... a nuestro hijo... como arma. ¿En qué te convierte eso?

–En un hombre decidido –respondió como si pudiera controlarse cuando estaba cerca de ella–. Me he perdido cinco años de su vida y no me perderé ni un solo momento más.

–No te he negado acceso a él ni lo haré. Seguro que podemos pensar en algo.

–No me estás entendiendo. No habrá custodia compartida ni casas separadas. Se queda conmigo.

–¡Debes de estar loco!

–Me temo que eso te deja muy pocas opciones y lo siento –dijo Rafael odiando que ella hubiera palidecido–. Puedes quedarte con él, conmigo. Pero en ese caso tendremos que hacer esto oficial. Y aunque no fingiré que vaya a poder mantenerme alejado de ti sin problema, no te puedo prometer que vaya a darte más que sexo. No me imagino confiando en ti. La otra opción es que vuelvas a tu casa en Virginia o que te marches a otro sitio y te pongas el nombre que te guste. Pero, si optas por eso, lo harás sola.

Ella no se movió y él deseó que la situación fuera distinta, que pudiera abrazarla, hacerla sonreír. Solucionarlo todo. Pero la triste verdad era que no sabía cómo. No sabía hacerla sonreír, solo sabía sacar lo peor de ella y hacerla llorar.

Era lo único que había hecho siempre, una y otra vez.

Pero no sabía cómo detenerlo, cómo solucionarlo, cómo salvarlos.

–No voy a dejar a Arlo contigo. Eso nunca sucederá, Rafael.

–Mi hijo llevará mi apellido, Lily. Sea como sea. Puedes formar parte de esta familia o no, como prefieras, pero se te agota el tiempo para decidir.

–¿Que se me agota el tiempo? Hace dos semanas, Arlo ni siquiera sabía que existías y tú pensabas que estaba muerta. No puedes lanzarme estos ultimátums y esperar que te tome en serio.

Él se cruzó de brazos y se dijo que ella era el enemigo, como todos los rivales a los que había diezmado durante los años que llevaba ejerciendo como presidente del negocio familiar.

–Siento que esto te resulte duro. Lo siento por ti, de verdad que sí, pero eso no cambiará nada.

Sin embargo, sí que habría cambiado las cosas que ese brillo de su mirada se hubiera convertido en lágrimas, porque eso le habría recordado que podía ser compasivo, que de verdad la había amado. Pero así era Lily, testaruda hasta el extremo.

Ella alzó la barbilla y lo miró casi con altanería, tal como lo había mirado en aquel vestíbulo cuando tenía diecinueve años. Como si no hubiera nada que pudiera hacer para tocarla.

Y él ahora se veía invadido por el mismo deseo de demostrarle que sin duda podía, que podía hacer mucho más que tocarla.

Sin embargo, ahora tenía que pensar en su hijo y precisamente por eso mantuvo las distancias, al contrario de lo que había hecho entonces. Y aunque lo estaba matando tener que contenerse, era el precio que tenía que pagar a cambio del bien de Arlo.

–Tienes hasta Navidad. Después, o te casas conmigo o sales de mi vida, esta vez para siempre. Y también de la suya.

Capítulo 10

HAS decidido qué vas a hacer? –le preguntó Rafael a la mañana siguiente de su vuelta de Venecia sonriéndole con gesto casi burlón desde el otro lado de la mesa del desayuno–. Seguro que las Dolomitas esperan tu respuesta. Y yo también.

Esa fingida educación hizo que Lily sintiera ganas de arrojarle a la cabeza el plato de salchichas.

–Vete al infierno –vocalizó en silencio para que Arlo no lo oyera y se contuvo para no hacer un gesto inapropiado con la mano.

Sin embargo, esa reacción no logró sino hacerlo sonreír más.

Lily no sabía qué hacer. Bajo ningún concepto abandonaría a Arlo, por supuesto. Eso era evidente. Solo de pensarlo se le revolvía el estómago. Pero ¿cómo iba a casarse con Rafael? Y menos cuando la clase de matrimonio que él había mencionado en Venecia se alejaba tanto de lo que se había imaginado cuando era joven y tonta y creía que las cosas podrían funcionar entre los dos algún día.

Pues bien, parecía que ese día había llegado, aunque las cosas no habían funcionado en absoluto. Era más bien todo lo contrario de lo que se había imaginado.

–Tal vez deberíamos hacer una lista de los pros y los contras –sugirió él una tarde más próxima a Navidad.

Ella se encontraba frente a las puertas de cristal con vistas al jardín donde Arlo y dos de sus niñeras estaban construyendo una legión de muñecos de nieve.

–¿Hacemos una hoja de cálculos?

De nuevo, ese tono cortés, como si ella solo tuviera que decidir cuál de sus vinos elegir para acompañar la cena.

–¿Esto es un juego para ti? –le preguntó entonces conteniendo las ganas de golpearlo y pensando que lo habría hecho si para ello no fuera necesario tocarlo, porque sabía que eso era mejor no hacerlo. Porque el hecho de tocarlo siempre terminaba en locura y lágrimas–. No estamos hablando solo de mi vida, la cual entiendo que no te importa. Se trata de la vida de Arlo, de quien dices que te importa, pero estás jugando con todo lo que quiere y es importante para él.

No se esperaba que la tocara, y mucho menos que le agarrara la barbilla para obligarla a mirarlo a esos profundos ojos oscuros. Tuvo que contener ese dulce estremecimiento que le habría revelado a Rafael todas esas verdades que no quería que supiese y todas las cosas que ya le había mostrado en detalle en aquella cama en Venecia.

–Ambos tomamos decisiones que nos han traído hasta aquí –dijo Rafael con voz suave–. No lo puedo evitar si no te gusta cómo estoy manejando sus repercusiones, Lily. ¿Tienes una solución mejor?

–¡Cualquier cosa sería una solución mejor!

Él bajó la mano, aunque tardó un par de segundos en apartarse. No podía mirarlo, no lo podía soportar, así que prefirió mirar al otro lado del cristal donde lo mejor que habían hecho juntos hacía rodar una bola de nieve más grande que él por el jardín nevado.

«Arlo es lo que importa», se recordó. «Es lo único

que importa. Todo lo demás que suceda es secundario».

–Dame una, entonces –le dijo Rafael como retándola... o suplicándole. Pero no, él no suplicaba–. Dame una solución mejor.

Lily lo miró y volvió a mirar a su hijo. Su precioso hijo, a quien había amado profundamente desde el momento en que había sabido que existía en aquel lavabo de un bar de carretera. Entonces se había sentido aterrada y sola, pero había tenido a Arlo y lo había querido desde mucho antes de llegar a conocerlo.

–Puedes pensar lo que quieras –le dijo Lily–, pero ninguna de las decisiones que tomé fueron fáciles. Ni una sola. Todas me han dejado cicatrices.

–Nada de eso cambia la situación en la que nos encontramos, ¿verdad? Nuestras cicatrices son culpa nuestra, Lily. Cada una de ellas. Y eso tampoco lo puedo perdonar.

Lily no le respondió y, cuando volvió a mirarlo, él ya se había ido.

Se dijo que era mejor así.

Tal vez no fuera de extrañar que esa noche volvieran las pesadillas. Y la noche siguiente. Y la siguiente a esa.

El chirrido de los frenos, la vuelta, la horrorosa sensación de saber que no podría corregir la trayectoria del coche, y después el impacto que la había lanzado y la había dejado por allí tirada, tal como había llegado a descubrir más adelante. Había despertado boca abajo sobre el barro, completamente desorientada, con arañazos solo en algunas zonas mientras a su alrededor había caído la tranquila noche del norte de California. Algo brumosa, pero incluso preciosa, sobre todo con el mar chocando contra las rocas debajo.

No se había dado cuenta de lo sucedido hasta que el coche había estallado más abajo del acantilado. Qué cerca había estado de la muerte. Por qué poco había escapado.

Se incorporó bruscamente en la cama. ¿Qué era? ¿La cuarta noche seguida? El corazón le palpitaba tan fuerte que pensó que le haría un agujero en el pecho. Era lo mismo que había sentido cinco años atrás cuando por fin había comprendido lo sucedido. Durante los siguientes años casi había llegado a olvidar la sensación de terror, el olor del líquido de frenos y a goma quemada y ese espeso y asfixiante humo del fuego.

–Solo es un sueño –susurró–. No es real.

Pero sí era real la sombra que se movió junto a su puerta y que hizo que abriera la boca de par en par.

Rafael.

–¿Qué estás haciendo? –le preguntó cuando logró hablar–. ¡Me has asustado!

Cuando Rafael se detuvo junto a su cama, no logró interpretar su expresión. Lo miró y la imagen de su maravilloso cuerpo descalzo y cubierto únicamente por unos pantalones de chándal de cintura muy baja le resultó tanto tranquilizadora como excitante a la vez.

–¿Rafael? –preguntó antes de que el fuego que sentía se apoderara de ella y le hiciera hacer o decir algo que sabía que lamentaría–. ¿Qué pasa? ¿Qué estás haciendo aquí?

–Has gritado.

Ella tragó saliva y de pronto sintió frío.

–Oh.

–Lily –en ese momento en su voz no había rastro de esa fingida e irónica educación, no había rastro de sorna. Y tampoco pudo ver nada de eso en su rostro cuando él se acercó a la mesilla y encendió la lamparita–. ¿No crees que es hora de que me cuentes qué pasó aquella noche?

–¿Aquella noche? –preguntó, y al instante añadió–: ¿Cómo me has oído?

–Tengo un don –respondió Rafael con tono seco, pero reconfortante a la vez, por muy poco sentido que eso tuviera–. Puedo oír dos cosas con perfecta claridad allá donde vaya. Los gritos de terror de las mujeres e irritantes evasivas a las tres y veintisiete de la madrugada.

En lugar de tocarla, se apoyó contra la cama, se cruzó de brazos, la miró fijamente y esperó.

Era la historia que no le había contado a nadie.

–¿Estás seguro de que quieres que te la cuente? Lo has pasado muy bien vilipendiándome. Odiaría echarte a perder ese entretenimiento.

Él achicó los ojos y apretó la mandíbula, pero no dijo ni una palabra. Esperó, como si pudiera quedarse allí de pie toda la noche aguantando cualquier cosa que ella le dijera.

Lily suspiró y se apartó el pelo de la cara. Tal vez era el momento de confesar, tal vez aquel encuentro en Charlottesville había sido obra del destino.

–¿Recuerdas la última noche que pasamos juntos? ¿Aquel jueves en San Francisco? –le preguntó sentada en la cama con las manos entrelazadas sobre el regazo.

–Lo recuerdo –respondió él.

–Fue lo de siempre. Yo lloré y tú te reíste. Estabas con esa mujer con la que salías en todos los periódicos y me retaste a dejarte. Te dije que esa vez sí que lo haría, aunque ni yo me lo creía. Y tú tampoco. Ya habíamos tenido esa misma discusión miles de veces.

–O más –asintió Rafael, y a ella le pareció reconocer un tono de odio hacia sí mismo en su voz. Era un tono que reconocía porque ella misma lo había empleado durante años.

–Aquel fin de semana fui a la mansión. Era una noche preciosa, estaba aburrida y enfadada contigo, así que me subí a uno de esos coches rapidísimos que guardaba tu padre en el garaje. Conduje hasta la ciudad. Quería verte.

Le daba la impresión de que él estaba conteniendo el aliento.

–No respondías al teléfono, pero yo tenía la llave de tu casa de Pacific Heights. Entré. Creo que sabía lo que estaba pasando antes de llegar a tu dormitorio. No recuerdo haber oído nada, pero debí de...

Él maldijo en italiano.

–... porque cuando llegué y miré dentro, no me sorprendí como debería haberlo hecho porque ya estaba advertida. Si me hubiera sorprendido, habría hecho algo más que quedarme allí de pie, ¿no crees? Habría hecho algún ruido. Habría llorado o gritado. Algo. Pero no hice nada.

–No sé si ayuda o no –dijo Rafael al cabo de un momento, como si le doliera. Como si estuviera hablando con la voz de otra persona, la voz de un extraño–, pero no recuerdo su nombre.

Lily, en cambio, recordaba demasiadas cosas. Se había quedado mirando las dos figuras tendidas sobre la cama y viéndolas con perfecta y espantosa claridad. Aún podía verlas, tenía esa imagen grabada a fuego en la cabeza.

Rafael estaba hundido en el cuerpo de una impresionante morena y ambos respiraban entrecortadamente, acercándose cada vez más a un gran final. Mientras, ella había sabido lo que se sentía cuando Rafael le hacía eso a una mujer.

–No. No creo que ayude.

–¿Por qué no dijiste algo en lugar de quedarte allí de pie?

–¿Algo como qué?

Él no respondió, porque, ¿qué podría haber dicho? ¿Qué se podía decir en una situación así?

–Una cosa era saber que tenías a otras mujeres, porque eso siempre lo supe ya que no eras precisamente discreto, pero otra muy distinta fue verlo.

Se detuvo para tomar aire.

–Como no sabía qué hacer, me di la vuelta y me marché tan discretamente como había entrado. Salí y me quedé delante de tu casa. No dejaba de pensar que en cualquier momento me pondría a llorar, que lloraría tan fuerte que me partiría en dos –lo miró–. Pero no lo hice. Me quedé allí mucho tiempo, y eso no llegó a suceder. Así que me subí al coche otra vez y conduje.

–¿Adónde ibas? ¿A buscar a tus amigos?

–Mis amigos te odiaban –respondió, y lo vio quedarse atónito al oírlo–. Bueno, no sabían exactamente que eras tú, pero sospechaban que eras el hombre secreto que siempre me hacía daño y llevaban años odiándolo. En cuanto te mencionaba lo más mínimo, empezaban a gritar. No me molesté en llamarlos a ninguno porque sabía lo que me dirían.

Dobló las rodillas y apoyó la barbilla en ellas. Rafael no se movió, se quedó allí de pie tan quieto y tan frío que Lily por un momento pensó que se había convertido en una estatua.

–Me puse a conducir sin más. Salí de San Francisco y fui por la costa. No tenía ningún plan. No iba llorando ni gritando ni nada. En realidad me sentía como paralizada, pero sabía lo que estaba haciendo –lo miró–. No intentaba hacerme daño. Eso deberías saberlo.

–Entonces, ¿cómo sucedió?

Lily se encogió de hombros.

–Iba demasiado deprisa en un coche demasiado potente. Tomé una curva y había una roca en mitad de la carretera. Viré bruscamente el volante y luego no pude corregir la trayectoria. Estaba derrapando y no pude hacer nada por evitarlo.

Volvió a oír los frenos, el grito que dejó escapar en el interior del coche, y recordó aquel momento impactante en que fue consciente de que no sobreviviría, de que no podría salvarse...

Respiró hondo.

–Después el coche se estrelló. No recuerdo esa parte. Solo recuerdo que sabía que iba a morir –tragó saliva, decidida a no rendirse a la emoción que sentía invadiéndola–. Pero no morí. Me vi tirada en el suelo, pero viva. Todavía no sé cómo pudo pasar.

–Creen que saliste disparada por el parabrisas. Esa fue la teoría por lo que quedó del coche.

–Oh, supongo que tiene sentido. Recobré el conocimiento tirada boca abajo en el barro.

–¿No estabas herida?

Sonó tenso, tanto que ella estuvo a punto de preguntarle si se encontraba bien, pero se contuvo.

–Estaba aturdida. Tenía algunos cortes y estaba sangrando un poco. Sentía como si me faltara el aliento. Los hematomas tardaron unos días en salir y luego mucho tiempo en desaparecer. Pero estaba bien. Alarmantemente bien, pensé al ver el coche saltar por los aires.

–¿Alarmantemente?

–Creía que estaba muerta –dijo sin más, y él volvió

a quedarse paralizado–. No le encontraba sentido al hecho de estar... bien. El coche estaba...

–Lo sé. Lo vi. Era imposible reconocerlo.

–¿Cómo podría sobrevivir alguien a eso? Pero, cuando intenté levantarme, empecé a vomitar y supuse que los muertos no vomitan. No dejaba de temblar –al continuar con la siguiente parte ya no fue capaz de mirarlo y se cubrió el regazo con la manta–. Y entonces lo primero que pensé fue que te quería, que te necesitaba. Había pasado un pueblo no mucho más atrás, así que decidí ir hasta allí caminando y buscar un teléfono. Pensé que, si oía tu voz, todo saldría bien –aún podía sentir el aire de aquella noche, salado y húmedo, y la niebla alzándose. Tenía sangre y barro en la boca y le había dolido caminar, pero no se había rendido–. Cuando llegué al pueblo vi los camiones de bomberos dirigiéndose hacia el accidente. No sé por qué no les hice ninguna señal. Creo que estaba preocupada porque era el coche de tu padre y no tenía permiso para conducirlo. Durante todo el camino hasta el pueblo no dejé de pensar en los cientos de miles de dólares que le debería y cómo se lo iba a devolver teniendo únicamente una estúpida tesis sobre elegías anglosajonas. Era como un remolino en mi cabeza. No estaba pensando con claridad.

Rafael murmuró algo en italiano, pero Lily continuó.

–Llegué a una gasolinera y encontré un teléfono público. Tal vez incluso fuera el último teléfono público en funcionamiento de toda California. Lo levanté para llamarte –sintió un nudo en la garganta y una enorme presión en el pecho. Lo miró–. Pero ¿de qué habría servido?

–Lily –dijo él como si pronunciar ese nombre le doliera. Se pasó una mano por la mandíbula, pero no dijo nada más.

–Nada cambiaría.

En ese momento él se sentó a los pies de la cama. Tenía la mirada atormentada, pero ella continuó sin dejar de mirarlo a los ojos.

–Fue un momento de terrible claridad. Tú estabas en la cama con otra mujer y durante años siempre había sido lo mismo. Tú ibas de mujer en mujer, y eso no iba a cambiar. Nosotros no íbamos a cambiar. Y esa idea me estaba matando, Rafael. Me estaba matando.

Se quedaron allí sentados, separados por la longitud del colchón, y al cabo de lo que le pareció una eternidad, él cambió de postura y se aclaró la voz.

Eso le indicó a Lily lo poco que había cambiado ella en todo ese tiempo porque habría dado lo que fuera por saber en qué estaba pensando Rafael en ese momento. Esa fue la prueba que necesitaba para saber que nada había cambiado después de tantos años. Que ella era la que menos había cambiado.

–¿Y qué hiciste entonces?

–Le dije a una pareja canadiense que vi en la gasolinera que mi novio me maltrataba y me había dejado allí después de una pelea. Fueron tan amables que me llevaron hasta Portland, Oregón, para alejarme de él. Cuando ellos continuaron hasta Vancouver, me dejaron en la estación de autobuses con dinero en metálico y un billete para la casa de mi tía en Texas.

–Tú no tienes ninguna tía en Texas. Tú no tienes tías.

–No, pero no era motivo para no ir a Texas. Y eso fue lo que hice. Y entonces pasó una semana y todo el mundo pensó que había muerto. Nadie me estaba buscando, así que decidí que podría seguir muerta.

–Pero estabas embarazada.

–Sí, aunque en ese momento no lo sabía.

–¿Y si lo hubieras sabido?

Quería mentirle, pero no lo hizo.

–No lo sé.

Rafael asintió con dureza, como si le hubiera dolido la respuesta.

–¿Y cuando descubriste que estabas embarazada no se te ocurrió que una mujer a la fuga y dada por muerta no podía ser la mejor figura materna para un hijo?

–Claro que lo pensé. Si no era capaz de mantenerlo por mí misma, no me lo quedaría. Lo tenía todo planeado.

–¿Adopción?

–No. Tú, Rafael. Por supuesto que tú. Pensé en dejarlo en tu puerta o algo así. Lo cierto es que, si me paraba a pensarlo, me parecía un milagro que eso no te lo hubieran hecho ya cientos de mujeres.

Él se quedó pensativo un momento antes de responder:

–Pero en ninguna de las versiones de esta historia te planteaste volver, ¿no es así?

–No, Rafael. No iba a volver. ¿Por qué iba a hacerlo?

En ese momento él la miró y ella contuvo el aliento. Parecía hundido y no entendió cómo verlo así pudo hacer que por dentro se sintiera hecha pedazos.

Quería acercarse a él, quería abrazarlo, tocarlo, lo que fuera con tal de que esa terrible mirada desapareciera.

Pero no se movió. No se atrevía.

–La verdad es que no se me ocurre nada por lo que quisieras volver –respondió él en la oscuridad, en lo que quedaba de noche. Respondió dirigiéndose directamente a ese corazón que Lily creía que ya estaba curado, pero que claramente seguía roto–. No se me ocurre ni una sola razón.

Capítulo 11

LA VÍSPERA de Navidad Rafael salió por fin de sus oficinas, mucho después de que el sol se hubiera puesto y sin el más mínimo espíritu navideño.

«No iba a cambiar. Nosotros no íbamos a cambiar», había dicho Lily.

No había podido quitarse esas palabras de la cabeza desde entonces y esa noche era aún peor, porque no dejaban de resonarle en la cabeza cada vez con más fuerza y de entremezclarse con una especie de repiqueteo. Se encontraba en su despacho trabajando en unos proyectos a los que nadie prestaría atención hasta después de Año Nuevo y por un momento había llegado a pensar que había sucumbido a la misma locura que había arrastrado a su madre. Había tardado un momento en darse cuenta de quc lo que oía no era la voz de Lily, sino unas campanillas de verdad. La curiosidad lo había sacado del despacho y lo había llevado por los pasillos de la mansión en busca de la fuente de ese sonido.

Finalmente había encontrado a sus empleados adornando la vieja casa a pesar de haberles dicho que su padre estaría en las Bahamas con su nueva esposa y que Luca se había ido al extranjero para asistir a una fiesta. Las tareas de decoración se estaban llevando a cabo con mucho más entusiasmo que los años anteriores y no tenía duda de que se debía a la presencia de un emocionado niño de cinco años que no dejaba de dar brincos por el gran vestíbulo principal.

Se quedó allí, separado de la algarabía que había abajo. Se apoyó en la barandilla de la escalera y vio a unos sirvientes, a los que nunca antes había visto sonreír, sonreír a su hijo.

Su hijo.

Arlo, que era como el sol. Arlo, que irradiaba pura felicidad.

Arlo, cuya madre lo había odiado tanto que había llegado a extremos inimaginables para alejarse de él. Tras un horrible accidente, había salido del estado haciendo autostop. Había descubierto que estaba embarazada y arruinada y había supeditado sus planes a lo que fuera mejor para el bebé, pero nunca, ni una sola vez, había considerado la posibilidad de volver a su lado.

Y no podía discutirle ni un solo punto de la historia que le había contado porque sí, aquella noche había estado en la cama con esa mujer que en ese momento para él no tenía ni rostro ni nombre. Había sido el hombre que Lily había descrito en todos los aspectos, el mismo que se había reído de ella, que la había engañado a pesar de decirle que no tenían ningún compromiso formal, y que siempre, en todo momento, había dado por sentado que volvería a su lado.

¿Cómo había podido convencerse de que, si hubiera estado viva, habría sido suya? ¿Cómo había podido creer eso cuando había hecho todo lo que había estado en su mano para asegurarse de que nunca estuvieran juntos?

No podía culparla por haber decidido hacer creer a todos que estaba muerta. Y ya era hora de decírselo, pensó al ver a su hijo reír y saltar por el vestíbulo. No tenía derecho a lanzarle ultimátums cuando era él el que debería...

–Qué bien que hayas salido de tu cueva por fin.

Rafael se giró lentamente ante el sonido de esa seca voz. Lily estaba allí, con los brazos cruzados y gesto adusto.

–La cueva de la autoflagelación, diría yo. Estaba empezando a pensar que tendríamos que sacarte de allí con dinamita. Yo me decantaba más por arrojarte un poco a la cabeza.

–¿Cómo dices?

El gesto de seriedad de Lily se acentuó y a él le resultó una mirada de lo más insinuante, tanto que una excitante sensación le recorrió la espalda y se alojó en su entrepierna, devorándolo como unas dulces llamas. La deseaba. Profundamente. Completamente. Desesperadamente.

Y cuanto más seria la veía, más la deseaba. Y más se odiaba por ello.

–Arlo cree que has estado malo porque, ¿sabes qué, Rafael? Cuando eres padre, no te puedes esconder y desaparecer cuando te apetece. Se es padre todo el tiempo, no solo cuando te conviene.

Había pasado más de cuarenta y ocho horas encerrado en su despacho batallando con su sentimiento de culpabilidad, de vergüenza, odiándose por lo que había hecho, pero solo dos segundos con Lily y todo eso se venía abajo. Ladeó la cabeza y la miró.

–¿Soy el padre de Arlo, Lily? –le preguntó con frialdad–. Porque creo que no tenías ninguna intención de contarle a ese niño quién es su padre.

–Podría haberle contado la historia de los Castelli en los dos últimos días, una y otra vez, pero de todos modos no te habrías enterado porque has estado encerrado en tu despacho compadeciéndote de ti mismo.

–No me estaba compadeciendo de mí mismo. Me sentía mal por ti, por haberte hecho pasar por todo esto.

–Bueno... –dijo ella con un tono un poco menos brusco que antes–. No es necesario recrearse en el pasado. Yo lo he hecho durante muchos años y la verdad es que no ayuda.

–Lily... –comenzó a decir él, aunque no sabía muy bien cómo continuar.

De pronto los ojos de Lily estaban demasiado brillantes y su mirada de furia más intensa.

–¿Y sabes qué otra cosa no ayuda? Que exijas la verdad y, cuando la consigues, te vayas y me dejes sola. Otra vez.

–Soy todo de lo que me has acusado y más. No puedo fingir lo contrario.

–Eso es muy noble por tu parte, por supuesto, pero no cambia el hecho de que tenemos un hijo y que a él no le importa que acabes de descubrir que la épica historia de amor que has mantenido todos estos años haya resultado ser solo una farsa.

–No. No digas eso.

–Vamos, Rafael, sabes muy bien que lo nuestro solo era sexo y secretos. Dos chiquillos jugando con consecuencias peligrosas e imprevistas, nada más.

–No piensas eso. Si lo hicieras, jamás te habrías ido y mucho menos habrías criado a Arlo sola. Que solo fuéramos dos chiquillos jugando no es razón suficiente para un engaño de semejante magnitud, Lily, y lo sabes.

Parecía completamente frágil bajo la tenue luz, pero eso no la hacía menos bella. Todo lo contrario.

–No quiero casarme contigo –dijo con tono orgulloso y hubo algo en su voz que lo atravesó–. Y no pienso dejar a Arlo aquí. Te diría lo que puedes hacer con tu ultimátum, pero ya te has pasado días en tu despacho dándole vueltas al asunto. A saber qué harías si de verdad te dijera todo lo que pienso.

Él se la quedó mirando un momento mientras la aguda voz de Arlo cargada de emoción resonaba a su alrededor. Se metió las manos en los bolsillos en lugar de intentar tocarla, porque eso era lo que haría un buen hombre. Y aunque fuera por una vez, sería ese buen hombre que nunca había sido para ella.

–Tienes el avión a tu disposición –le dijo y, al hacerlo, le pareció verla dejar caer los hombros, como decepcionada, aunque tal vez solo se lo imaginó–. Os llevará a donde queráis. No lucharé por la custodia. Seguro que podemos llegar a un acuerdo.

–Seguro que sí. Qué civilizado, Rafael. Jamás habría pensado que nosotros podríamos ser así.

Y en esa ocasión, cuando se alejó de él, Rafael la dejó marchar.

Lily intentaba dormir.

Arlo estaba tan emocionado con la Navidad que había caído rendido en su cama. Ella se había tumbado a su lado, había abierto un libro y se había dicho que todo era perfecto, que esa era la vida que había tenido durante los últimos cinco años y que era la vida que quería. Su pequeño hijo y la existencia sencilla y tranquila que llevaban juntos, muy lejos de allí. De Rafael. Libros, perros y una absoluta y total libertad. ¿Podía haber algo mejor?

Sin embargo, no había logrado encontrarle sentido a la página que tenía delante, por muchas veces que había releído las frases y al final se había dado por vencida. Se había acurrucado a Arlo y había cerrado los ojos con fuerza, segura de que se quedaría dormida inmediatamente.

A pesar de ello, había seguido despierta, mirando al techo de esa vieja casa e impacientándose cada vez más. Y cuanto más intentaba no dar vueltas, peor.

Era más de medianoche cuando se rindió y bajó de la cama con cuidado de no despertar a Arlo. Se puso las zapatillas y una bata y salió a la oscuridad del frío pasillo.

Descendió las escaleras y vio los adornos navideños en la penumbra. Se quedó allí un momento, a los pies de las escaleras, y al instante, por mucho que se había intentado convencer de no hacerlo, se vio en la puerta de la biblioteca.

Esa sala era una joya. «La joya de la casa», como había dicho en una ocasión el padre de Rafael.

Esa noche, Rafael estaba de pie junto a la chimenea, con un brazo apoyado en la repisa y el rostro girado hacia las llamas.

Lily se quedó en la puerta un instante observándolo y dejándose invadir por todas las complicadas emociones que sentía por ese hombre.

–Lo has vuelto a hacer –dijo con una voz algo aguda y extraña ante la que Rafael no se movió–. Te has alejado. Antes lo hacías con otras mujeres y esta noche lo has vuelto a hacer escondido tras un gesto aparentemente noble.

–Supongo que podríamos competir a ver quién llega más lejos en su intento de alejarse –respondió él al momento, ya sin ese tono educado de antes. Siendo otra vez Rafael. La miró–. ¿Ya has hecho las maletas o piensas volver a Virginia tal cual?

A pesar de parecerle un comentario injusto y desear darse la vuelta y marcharse, dio un paso adelante.

–¿Qué más da? A ti no te importa lo que haga.

–Sí me importa. Cree lo que quieras, pero debes saber que sí me importa.

Lily siguió allí, observando su aspecto algo desaliñado, con la camisa abierta y sin su elegante ropa, mientras demasiadas emociones se enfrentaban entre sí en su interior. Demasiadas como para contarlas, demasiadas como para ponerles nombre.

–Te has convencido de que esto es una gran historia de amor, ¿verdad? Pero no lo ha sido.

–¿No? –preguntó él avanzando hacia ella y haciéndola derretirse de calor. Por todas partes–. Pues debería.

–Las cosas solo te resultan memorables cuando las has perdido, Rafael, ¿no te has fijado? –no sabía qué la ponía más furiosa, si él en sí o cómo estaba respondiendo su cuerpo ante él–. Esto solo puede ser una historia de amor si me marcho. Eso es lo que quieres.

–Te quiero –fue una respuesta apresurada y ambos se quedaron mirándose mientras las palabras pendían entre los dos.

Lily pensó que se retractaría, pero en lugar de hacerlo, él respiró hondo y mirándola continuó diciendo:

–Debería habértelo dicho entonces. Debería habértelo dicho cada día desde que lo descubrí. Debería habértelo dicho esta noche. Te quiero, Lily.

Lily lo miraba impactada, pero entonces soltó una carcajada que resultó incluso desagradable. Sin embargo, no pudo contenerla, no podía parar, ni siquiera cuando Rafael se acercó más.

–Para –le dijo él–. No tienes por qué hacer esto.

–El amor no hace nada, Rafael. No salva a nadie, no puede cambiar nada. Es una excusa, un comodín.

Al final no tiene ningún sentido, y lo peor de todo es que es destructivo.

Él deslizó la mano sobre su cuello y se detuvo, como si le estuviera tomando el pulso para comprobar si su corazón se correspondía con lo que estaba diciendo. A ella le estaba resultando complicado mantenerse en pie. No podía dejar de mirarlo.

–Estás hablando de lo que la gente hace con el amor o en nombre del amor. Pero el amor es más grande y mejor que todas esas cosas.

–¿Y tú cómo lo sabes? ¿Por el maravilloso ejemplo de mi madre o por el de tu padre tal vez?

Quería apartar la cabeza, apartarle la mano, pero no lo hizo y no supo por qué.

–Son personas, con sus defectos y limitaciones, como todo el mundo.

–Mi madre se pasó la vida detrás de los hombres, de sus pastillas, de lo que fuera que la hiciera sentir algo más. Tu padre se casa por diversión. ¿A eso lo llamas «defectos»? Yo diría que es algo más bien patológico.

–¿Acaso tú y yo somos mejores? –le preguntó Rafael.

Él no se imaginaba el calor que le estaba transmitiendo con su mano posada en su cuello ni cuánto deseaba dejarle que la acariciara para siempre.

–A eso me refiero –dijo Lily con poco más que un susurro–. Te he contado la verdad y después no has querido saber nada de mí. Te he dicho que volvería a alejar a tu hijo de tu lado y me has permitido hacerlo. Tú y yo somos peores que nuestros padres, Rafael. Somos mucho, mucho, peores.

Rafael levantó la otra mano y le giró la cara hacia él.

–¡No! –le respondió con rotundidad, con seguridad–. ¡No lo somos!

Pero ella necesitaba soltar todo lo que la estaba ahogando por dentro.

–Y lo que no entiendo es de qué sirven las cosas que hiciste o que hice yo, tanto entonces como ahora. Las cosas que hace la gente. ¿De qué sirven?

–Así es el amor. Así es la vida. Es complicado, es brutal, es maravilloso –la acercó más a sí hasta que quedaron casi a punto de besarse–. Estamos Arlo, tú y yo. Esto es nuestro.

–Rafael...

–Yo mismo te subiré a ese avión, si es lo que quieres. Si de verdad quieres dejar esto y dejarme a mí.

Ella abrió la boca para decirle que eso era exactamente lo que quería hacer, pero no pudo. Todo le daba vueltas en su interior. El miedo, el dolor, la huida, el hecho de ocultarse todos esos años. Las mentiras, de entonces y de ahora. ¿Se había alejado de su vida por Rafael o lo de Rafael había sido la gota que había colmado el vaso en una triste existencia tras la sombra de la debilidad de su madre en aquel momento en concreto?

A lo mejor ya había llegado la hora de dejar de huir.

Nunca había dejado de amar a ese hombre. No había aprendido a hacerlo sin perderlo todo en el proceso. Su vida. A sí misma.

–¿Y si no lo quiero? –se atrevió a preguntar en voz muy baja–. ¿Y si no quiero eso?

Rafael la observó durante un largo momento, tan largo que Lily se olvidó de todo excepto de esa dura belleza masculina. Se olvidó de sí misma, de toda la oscuridad que había plagado su pasado, y le sonrió con eso que sentía por dentro y que temía que fuera un atisbo de esperanza.

Y mereció la pena hacerlo a cambio de ver el rostro de Rafael esbozar una sonrisa y transformarse ante sus ojos en el Rafael que había amado. El Rafael que le había resultado tan bello al conocerlo con dieciséis años que no se había atrevido ni a mirarlo directamente a la cara.

Como si hubiera sabido ya que con solo mirarlo una vez, jamás habría podido desviar la mirada.

–Quiero hacerte sonreír, Lily. Quiero hacerte feliz –le dijo antes de besarla, sonrisa contra sonrisa, y haciéndola temblar por dentro–. Pero no tengo la más mínima idea de cómo hacerlo.

Ella le rodeó el cuello con los brazos y lo acercó más a sí para apoyar la frente en la suya.

–Quiéreme –le dijo con la voz cargada de emoción y las rodillas temblorosas–. Creo que es un buen comienzo.

–Siempre lo he hecho. Y siempre lo haré –respondió él y sus palabras sonaron como un juramento.

Lily respiró hondo y dejó salir todo el dolor y la oscuridad, la furia y el rencor. Los dejó marchar.

–Rafael –susurró–, llevo enamorada de ti toda mi vida y no sé cómo podría dejar de hacerlo. Nunca lo he hecho, y no creo que lo haga nunca.

–Me aseguraré de ello –le prometió él.

Se besaron y en ese momento la esperanza brilló con fuerza en su interior y también dentro de él, inundándolos a los dos. Amor. Vida. Ambos complicados, pero maravillosos. Y por primera vez de verdad creyó que podía tenerlo todo. Con él. Por fin, con él.

Rafael la levantó en brazos y la tendió bajo las centelleantes luces del primer árbol de Navidad que les pertenecía a ellos, en el primer día del resto de sus vidas.

Avanzando juntos para siempre.

Beso a beso.

Capítulo 12

UN AÑO más tarde, en Navidad, Arlo era el único invitado en la boda de sus padres. Allí, en la capilla del bosque cerca de la vieja casa junto al lago, a la sombra de esas impresionantes montañas italianas.

–Tengo algo que decirte –le había dicho Rafael a su hijo aquella mañana de Navidad después de que el pequeño se hubiera perdido en un frenesí de regalos y alegres envoltorios.

–¿Es por la tarta? –había preguntado Arlo sin apartar la vista de su nuevo videojuego favorito–. Me gusta la tarta. La tarta amarilla, pero la de chocolate está bien.

–No –había dicho Rafael preguntándose cómo era posible sentirse tan extraño y tan bien al mismo tiempo–. Quería decirte que soy tu padre.

En ese momento, Lily estaba sentada en el sofá fingiendo no estar escuchando.

–¿Para siempre? –había preguntado Arlo, en realidad más preocupado por su juego que por ninguna otra cosa.

–Sí –le había respondido Rafael con solemnidad–. Para siempre.

–Guay –había contestado Arlo poniéndole fin a la conversación.

* * *

En ese momento los tres caminaban juntos y de la mano, sonrientes, hacia el sacerdote que los esperaba en el pequeño altar.

–Cásate conmigo porque quieres –le había dicho él cuando la Navidad anterior había dado paso al Año Nuevo. Seguían juntos, llenos de esperanza y seguros de que los peores momentos ya habían pasado y los habían superado–. No porque te lo diga yo.

–¿Porque tu hijo debe llevar tu apellido? –le había respondido ella con un divertido brillo en la mirada.

–Mi hijo llevará mi apellido –le había asegurado Rafael–. El único asunto pendiente es saber cuándo.

Pero primero había que solucionar otras cosas, pensó Lily, y lo principal era el asunto de su resurrección. Por el bien de Arlo, decidieron decir que había sufrido amnesia y que toparse con Rafael en la calle la había devuelto a su realidad.

–Y en cierto modo –le había dicho Lily una noche tumbados y abrazados en su casa de San Francisco–, eso es verdad.

–Es la mejor historia que podemos contar –había respondido Rafael acariciando su encantadora espalda–. Para todos.

Después de aquello, se había visto acribillada por preguntas, no solo de los medios de comunicación, sino también de sus viejos amigos, que habían llorado su muerte y que ahora querían recuperar el tiempo perdido.

Ella, por su parte, había descubierto que el tiempo que había pasado trabajando en la residencia canina de Pepper le había otorgado más habilidades de gerencia de las que se había imaginado, y, cuando había salido una vacante para un puesto en las oficinas de Bodegas Castelli en Sonoma, lo había aceptado.

Además, había visitado la tumba de su madre y le había dicho a Rafael que la reconfortaba saber que por fin descansaba en paz.

Por otro lado, lo que más le había preocupado era la relación con la familia Castelli. Rafael, por el contrario, opinaba que ayudaría mucho a que todo fuera bien el hecho de que ya tuvieran un hijo.

Y así, en un soleado día entre los cipreses de Sonoma Valley, y tras el impacto inicial al recibir la noticia, Gianni Castelli había mirado con cariño a su joven esposa, Corinna, y le había dicho a su hijo:

–El amor nos arrastra a todos a nuestro sitio, de un modo u otro. Y es mejor no resistirse y dejar que la gravedad siga su curso.

Luca, por supuesto, se había reído al oírlo y después le había dado una palmadita en la espalda a su hermano. Se había vuelto a reír y en esa ocasión Rafael se había reído con él.

Lily retomó la relación con Pepper ahora ya con su nombre real e incluso localizó a la dulce pareja canadiense que la había sacado de California aquella fatídica noche para poder por fin recompensarlos por su amabilidad.

Y entonces, un día de otoño en el sur de Francia, adonde habían asistido a una exposición de vinos, por fin había accedido a casarse con él.

–No sé por qué has tardado tanto –le dijo Rafael refunfuñando.

–Porque –respondió ella deteniéndose en seco en mitad de un abarrotado mercado en Niza– esta vez quería estar segura.

Él había sido incapaz de no acariciarla.

–¿Segura de que no iba a salir corriendo?

–De que no lo iba a hacer yo –le respondió Lily, y le sonrió–. Y no lo haré, Rafael. Nunca más.

Y así, en ese momento se encontraban en la pequeña capilla pronunciando sus votos, para ambos y para su hijo. Cuando por fin los declararon marido y mujer, volvieron a la casa de la mano mientras Arlo corría feliz delante de ellos. El resto de la familia los esperaba para la celebración de la boda y de la fiesta de Navidad, pero, antes de entrar, Rafael la detuvo en la puerta.

Su intensa conexión había logrado vencer a su escandaloso comienzo, a la muerte y a demasiadas mentiras. Había permanecido intacta mientras habían desconfiado el uno del otro y también mientras se habían enseñado mutuamente a sonreír.

–Aquí empiezan el resto de nuestros días. *Mi appartieni.*

–Y tú me perteneces a mí –le respondió Lily con un brillo en sus preciosos ojos azules–. Para siempre.

Y entonces, de la mano, entraron en su hogar.

Por fin, como marido y mujer.